내 안의 소란

내 안의 소란

고정순

여섯번째봄

차례

밤바다   7

소란   17

천도복숭아   47

민혜   57

영무에게   71

작은 틈 사이로   83

마지막 서커스   97

보내지 못한   103

인사   111

내 안의 소란   117

소설   127

작가의 말   134

너의 추위를 느끼고 싶어서
떨면서 자고 있는 너를 안았는데

자꾸만 따뜻해지는 것이다 자꾸
따뜻해지기만

홍지호, 「기후」 중에서

밤바다

눈을 크게 떴다.

아무리 봐도 생리대가 분명했다. 내가 잘못 봤다고 생각하고 싶지만 분명 피 묻은 생리대다. 누가 밤바다에 생리대를 버렸을까?

엄마와 나 그리고 송 여사는 숙소로 가기 위해 바닷가를 걷고 있었다. 생리대가 더 멀리 떠내려가기 전에 큰 소리로 엄마를 불러 세웠다. 밤바다에 생리대가 떠다닌다고 했더니 송 여사는 중국에서 밀려온 쓰레기라고 말하며 다시 걷기 시작했다.

뒤를 돌아보았을 때 검은 물살이 생리대를 싣고 어딘가로 떠나고 있었다. 내 눈에는 선명하게 보이는 것이 엄마와 송 여사 눈에는 보이지 않나 보다. 나는 그들 사이를 비집고 들어갔다.

"피 묻은 생리대라고."

엄마와 송 여사는 일제히 나를 쏘아보았다. 송 여사가
느닷없이 서커스를 보고 싶다고 말하는 바람에 엄마는 가
게 문도 닫고 이곳에 왔다. 나와 엄마는 요즘 세상에도 서
커스를 공연한다는 사실에 놀랐고, 서커스를 구경하고 싶
다고 말한 송 여사에게 두 번 놀랐다. 끝까지 가기 싫다고
버티던 나를, 두 사람은 혹시나 해서 챙기는 짐 가방처럼
챙겨 이곳까지 끌고 왔다.

엄마와 송 여사가 서커스를 관람하는 동안 나는 호수 한
가운데서 오리 모양의 배를 타며 배가 삐걱거릴 때마다 방귀
를 뀌고 휴대폰으로 시시한 동영상을 보며 시간을 때웠다.

이곳에 오기 전날 밤, 엄마는 나에게 바나나우유를 사
주면서 여러 가지를 당부했다. 편의점 의자에 앉아 하소연
에 가까운 엄마의 협박을 들으며 바나나우유를 먹었다. 빨
대를 쪽쪽 빨았는데 이상하게 우유가 목구멍으로 밀려오
지 않았다.

"내가 몇 살인데 이런 걸로 꼬셔?"

"그럼 어쩌냐, 나 돈 없어."

엄마는 바람 새는 풍선처럼 웃었다. 피식피식 말이다.

빨대에 작은 구멍이 나 바람이 새고 있던 거다. 작은 틈은 그래서 무섭다. 누군가를 힘없이 웃게 하고, 옆길로 새게 만든다.

서커스가 보고 싶다는 송 여사를 위해 우리는 멀고 먼 곳으로 여행을 떠나야 한다. 우리 동네에서 배를 타고 항구에 내려 다시 시외버스를 타야 한다. 지도에서 점과 점으로 이어 보면 두 도시는 그렇게 멀리 있지 않지만, 간단하게 거리를 좁혀 줄 차편이 없어 이동 거리가 멀다.

송 여사를 위한 여행이지만, 발걸음을 떼기가 쉽지 않다. 혹시나 소란에게 연락이 올지도 모르고, 무엇보다 요즘은 송 여사를 보고 있으면 괴롭다. 얼마 전에는 나에게 자기 무릎을 베고 누우라고 소리를 질렀다. 처음 듣는 송 여사의 성난 목소리다. 어떤 상황에서도 느긋해서 보는 사람 속 터지게 하는 송 여사였는데, 요즘은 늘 급하고 화가 난 채로 잠이 든다.

무엇보다 나는 서커스가 주는 긴장감이 싫다. 하필이면 왜 서커스가 보고 싶은 걸까? 놀이터 그네도 조금만 세게 밀면 소리를 지르는 나에게 같이 가자고 하다니. 내가 울면 어쩔 줄 몰라 쩔쩔매던 송 여사였는데. 요즘 송 여사 안에는 내가 없는 것 같다.

짜증이 나면서도 불안하다. 어릴 때 엄마가 장희 아저씨를 좋아한다고 느꼈을 때처럼 말이다. 엄마가 날 두고 어딘가로 사라질 것 같아 불안했는데, 장희 아저씨랑 그냥 친구라는 말에 안심했다. 어쩌면 두 사람을 의심해서가 아니라 나에게 원래 그런 불안이 있어서일 거다. 나는 잠깐 엄마랑 장희 아저씨 사이를 의심했지만, 진심으로 장희 아저씨를 좋아한다. 엄마와 장희 아저씨는 어릴 적 지역아동센터에서 만난 친구라고 했다.

장희 아저씨는 아빠에 대해 잘 알고 있는 것 같은데, 한 번도 내게 아빠에 대해 말한 적이 없다. 아빠 비슷한 말만 나와도 단단히 밀봉된 봉투처럼 입을 딱 닫는다. 엄마가 장희 아저씨를 과묵한 사람으로 만든 거다. 아는데 그냥 넘어갔다. 지켜 주고 싶은 장희 아저씨 마음 때문이다. 아저씨 마음은 눈에 훤히 보이는 것 같다. 만화 영화 속 순한 곰돌이처럼 순진하게 웃을 때면 '이 사람을 괴롭히지 말자.'라고 생각하게 만드는 사람이다.

엄마가 편의점에서 호빵을 하나 사 들고나왔다.

"너, 이거 먹고 여행 가서 할머니한테 재롱 좀 떨어."

엄마는 호빵 밑바닥에 붙은 종이를 떼면서 당부인지, 잔소린지 헷갈리는 말을 했다.

"내가 몇 살인데 재롱을 떨어."

"너 호빵을 지켜 주는 게 뭔지 알아?"

또 시작이다. 엄마는 내 말을 가볍게 재껴 버릴 때가 있다.

"뭔 소리야, 호빵을 왜 지켜?"

이번에는 내가 재낄까 하다가 관뒀다. 그렇지 않아도 요즘 엄마가 조금, 아주 조금 안쓰럽다.

"봐라, 이렇게 종이가 없으면 저 찜통 안에서 흐물거리지 않겠냐? 그러니까 이 종이가 호빵을 지켜 주는 거야. 그것도 몰랐지?"

"뭐야."

나는 호빵에서 떼어 낸 종이를 바라봤다.

"우리가 할머니 지켜 주자, 이 종이처럼."

흐물거리지 않도록.

그래도 난 서커스 구경은 싫다. 놀이 기구처럼 내 몸을 긴장시키는 걸 좋아하긴 힘들다. 엄마는 내가 겁이 많아 그렇다고 말했다. 뭘 모르고 하는 말이다. 아슬아슬 매달려 있는 사람을 보면 기분이 나빠진다. 겁먹을 일을 찾아다니는 사람들처럼 보인다.

시외버스 안에서도 내내 말이 없던 나를, 송 여사가 곁눈으로 살피고 있었다. 시외버스 터미널 앞 맛나분식에서 우리는 국수를 먹었다. 국수를 먹는 내내 송 여사는 텔레비전에서 눈을 떼지 않았다. 눈은 뉴스가 나오는 화면을 보고 있는데 입은 계속 노래를 부른다.

요즘 송 여사 노랫소리를 자주 듣는다. 엄마는 모르는 척하는데 나는 그럴 수가 없어 왜 갑자기 노래를 부르냐고 몇 번 물었다. 송 여사는 딴청을 피운다.

오래된 영화에서 주크박스란 기계를 봤다. 똘똘하게 생긴 기계에서 음악이 흘러나오는데 꼭 그 기계처럼 송 여사 몸에서 노래가 흘러나온다. 작지도 않은 소리로.

맛나분식에서 나와 우리는 바닷가를 걸었다. 지루한 여행이 시작된 거다.

바다가 보이는 횟집에서 비싼 회를 먹었고 간만이라 기분 좋다며 송 여사가 노래도 불렀다. 음식을 나르던 분들

이 방문을 열고 밑반찬은 더 필요한 게 없냐고 묻더니 흐
릿하게 웃으며 다시 방문을 닫았다.

"송 여사, 쪽팔려."

내가 편잔을 주니 송 여사가 잠시 노래를 멈춘다.

"야, 요즘에 트로트가 얼마나 유행하는 줄 알아?"

"기분 좋으신가 봐, 우리 송 여사."

"응, 기분 좋다. 맨날 뭐가 그렇게 바쁘다고……."

송 여사는 '사는 게 다 그런 거지.'라는 노래를 부르면
서 우리가 왜 이렇게 사는지 모르겠다고 말했다. 나는 사
는 게 다 그런 거라고 타이르듯 말했다.

소주 두 잔을 마시고 볼이 발그레해진 송 여사가 자꾸
물수건으로 눈가를 닦는다.

"울어?"

"나이 들면 눈에서 물이 자동으로 나오는 거야."

자동으로 노래와 눈물이 나오는 나이가 정확하게 몇 살
쯤인지 모르겠지만, 자동이 편리해서 좋은 것만은 아니다.
때때로 서글프다.

"그냥?"

"그래. 그냥."

"……."

"나이 들면 할 줄 아는 게 많아져. 우는 게 아닌데 눈에서 물이 나오게 할 수 있는 거야."

이상한 농담을 하는 걸 보니 아직 송 여사는 괜찮은 것 같다. 엄마랑 내가 괜히 송 여사를 노인 취급한 거네. 그녀가 혹시 우릴 두고 어디론가 떠날까 걱정했던 거다. 아직도 어린 엄마와 원래 어린 나는 그렇게 송 여사를 붙들고 16년을 살았다.

우리는 다시 바닷가를 걸었다. 3박 4일 동안 가장 열심히 한 일이 있다면 아마 걷기가 아닐까.

밤바다의 물살은 살집이 두툼한 고양이의 검은 등을 닮았다. 볕이 잘 들지 않는 골목 끝에 있던 소란의 자취방 담장 위를 걷던 검은 고양이처럼.

나는 지루한 서커스 관람 대신 감정과 상황, 그리고 사물과 사람에 끝없이 등호를 만들며 연관성을 찾고 있었다. 찾을 때마다 기억의 모서리가 날 찔러 댔다.

기억 중심에 사는 소란을 만났을 때 나는 가장 무서운 놀이 기구 끄트머리에 매달린 아이가 된다. 그런 나를 누군가 붙들고 있다.

나를 붙들고 있는 사람이 소란인지 나인지 모르겠다. 우리 둘이 아니라면 명자나 소연일지도 모른다. 어쩌면 더 오래된 이름일지도.

소란

아까 봤던 아이다.

오늘 자주 마주친다. 엄마 말대로 좁아터진 이 동네에서 아직도 내가 모르는 아이가 산다는 게 신기했고 하루에 몇 번을 마주치니 더 신기했다.

딱 봐도 싸구려 추리닝인데 이 아이에겐 이상하게 잘 어울린다. 어쩜 저렇게 키가 클까, 생각하는데 갑자기 그 아이가 뒤를 돌아 날 부른다.

"저기, 교무실이 어디예요?"

이런, 남자가 아니라 여자다. 여자치고는 조금 굵은 목소리지만 분명 남자는 아니다.

"저어기."

알 수 없는 말과 손짓을 하는 내게 그 아이는 눈인사를 하고 스쳐 지나갔다. 고맙다는 인사처럼 보이는 동시에 길을 비키라는 신호처럼 보였다. 그게 무엇이든 싫지 않았다. 부드럽고 당당해 보였다. 남자아이 같은 생김새보다 바람처럼 유연한 움직임이 이 아이를 남과 달라 보이게 했다.

우리가 서로의 이름에 '팔'을 붙여 부르고 서로의 실수를 놓치지 않고 비웃는 사이가 되는데 그렇게 많은 시간이 필요하지 않았다.

명소란.

이 아이 이름을 얼마나 오래 기억할 수 있을까?

나랑 가장 친한 친구인 송명자 여사가 그랬다. 사람에게는 저마다 잊지 못하는 이름이 하나쯤은 있다고. 내가 많이 좋아하는 사람이라 기억 속에 오래 머무는 거냐고 물었는데, 송 여사는 많이 미안해서라고 했다.

그날 교무실을 찾던 소란은 서울에서 살다 왔다. 소란은 곧 유명해졌다. 전교생이 소란을 보기 위해 등교하나 싶을 정도로 아이들의 신경은 온통 소란을 향해 집중되어 있었다. 소란은 커다란 키에 날렵한 턱선을 지녔고, 눈은 항해를 나선 배의 몸통처럼 날렵했다.

심심한 기린처럼 복도를 지나가는 아이에게 처음엔 아무 관심도 없었다. 반달 모양으로 구부러진 구레나룻이 어울리는 아이라고 생각한 정도. 입은 웃는데 눈은 웃지 않는다는 정도. 소란에 관한 관심은 그 정도였다. 정말로 진짜.

의식하지 못하는 사이 소란에 관한 정보가 쌓여가던 어느 날, 소란이 두 번째로 날 불렀다.

"해변 입구에서 귤 파는 아줌마가 너네 할머니야?"

나는 고개를 끄덕였다. 송 여사는 해변 입구에서 비닐에 담긴 귤을 판다. 그러고는 귤을 팔아 번 돈을 내게 준다. 나는 당연하게 그 돈을 챙긴다. 엄마가 이 사실을 알았을 땐 등짝을 파리 잡듯 두드려 댔지만, 여전히 나는 송 여사에게 돈을 받는다.

송 여사에게 돈을 받는 이유를 알면서도 엄마는 가끔 생각났다는 듯 나를 타박한다. 경쾌한 목소리로 "너는 돈에 환장했냐?" 하며 잠시 눈을 흘긴다. 난 안다. 우리 두 사람이 이렇게 서로 알면서 모르는 척 '송 여사가 좋아 죽겠다.'는 말을 대신한다는 걸.

송 여사는 나의 진짜 할머니가 아니다. 그러니까 엄마의 진짜 엄마가 아니란 소리다. 송 여사는 우리랑 아무 사이도 아니다. 세상이 말하는 기준으로 보면 그렇다는 말이다. 하지만 엄마와 나의 기준으로 우리에게는 어떤 '신'보다 더 신이다. 날 키운 아빠이자 친구이다.

엄마는 날 낳기만 했지 아무것도 하지 않았다고 억지를 부린 적이 있다. 이건 엄마를 탓하는 게 아니라 송 여사를 사랑한다는 소리다. 송 여사는 내가 "송 여사, 송 여사." 하고 부르는 걸 좋아한다. 우리 세 사람은 다정하게 부비는 대신 투덕거리며 괜찮다고 말하는 이상한 가족이다.

전교생에게 관심의 대상인 소란이 송 여사를 아느냐고 묻는다.

"그런데, 왜?"

"아니 저번에 귤을 샀는데 너랑 같은 학교 다닌다니까, 그냥 주시더라고."

"할머니가?"

나는 의미 없이 되물었다. 송 여사는 그런 사람이다. 지난번에 같은 반 수미에게도 그러더니 또 공짜 귤을 준 거다. 내게 줄 돈이 줄어드니까 아이들에게 그냥 주지 말라고 일렀는데 말을 듣지 않는다. 수미보다 소란에게 준 공짜 귤이 덜 아깝긴 하지만.

"그래서?"

소란은 잠시 말이 없다가 가방에서 뭔가를 꺼냈다.

"이거 주려고."

다이어리다. 눈에서 '번쩍' 소리가 날 만큼 예쁜 다이어리.

"귤값이야?"

소란은 그렇다는 뜻으로 고개를 끄덕였다.

나는 알았다는 뜻으로 다이어리를 접수했다. 그 뒤로 복도에서 마주칠 때마다 소란은 날 보면 어디 가냐고 물었다. 그럴 때마다 복도를 지나서 갈 곳이 어딜까? 학교에 갈 데가 그렇게 많을까 생각했다.

"너 학교 끝나고 어디 가냐?"

소란은 내가 어디에 가는지 왜 그렇게 궁금할까?

"왜?"

나는 소란이 어떤 질문을 하든 이유가 궁금했다. '그냥'이란 답을 들을 게 뻔하지만 말이다. 실은 소란의 마음이 궁금했던 거다.

학교가 끝나고 소란과 시내에 있는 분식집에 갔다. 친한 사이가 아닌 사람끼리 무엇을 하는지 몰라 그냥 분식집에

갔다. 얼마 전에 생긴 분식집은 깔끔했고 맛도 좋았다. 사장 언니가 가끔 아는 사람처럼 말을 거는 것도 나쁘지 않았다.

"난 떡볶이."

"나도 그거."

"그거가 뭐냐?"

복사지에 가까울 만큼 창백한 얼굴로 무표정하게 앉아 있는 소란을 보면 무슨 생각을 하는지 잘 모르겠다. 표정이 많지 않은 아이라 무표정한 얼굴로 있을 땐 화가 난 사람처럼 보이기도 했고 우울해서 견딜 수 없는 사람 같기도 했다.

"너 키가 몇 센티야?"

"175."

"완전 농구 선수네."

"나, 농구 했었어."

나는 끝이 허무한 개그를 한 개그맨처럼 부자연스럽게 웃었다.

"나는 남학생들인 줄 알았네."

사장 언니가 우리 둘을 번갈아 보며 웃었다.

"너 남자같이 생겼다는 말 자주 듣지?"

마치 남의 일처럼 물었다.

"너도?"

그날 분식집에서 떡볶이에 달걀 하나를 나눠 먹고 우리는 동네까지 걸어서 집으로 돌아왔다.

"내일은 뭐 해?"

"피아노 교습소에 가."

예상을 빗나간 내 답에 소란은 걸음을 멈췄다. 피아노를 칠 줄 아냐고 물으면 내가 얼마나 수준급 연주를 하는지 말하려고 했는데…….

"끝나면 몇 시야?"

일곱 시에 피아노 교습소 앞에서 기다리겠다는 말을 남기고 소란은 빌라가 즐비한 골목에서 사라졌다.

소란은 농구 선수가 되고 싶었지만, 사정이 생겨 관뒀다고 했고 양양리 빌라촌에 산다고 했다. 소란에 대해 별로 궁금하지 않았던 나는 소란이 건널목을 건널 때까지 바라봤다.

내 앞에 엄마가 걸어간다. 소란과 헤어진 뒤 길을 걷는데 낯익은 뒷모습이 보이기에 자세히 보니, 엄마다.

나는 잘 때마다 동그래지는 엄마의 등을 보며 자랐다. 어릴 적 엄마가 날 바라보지 않고 자는 게 불안했다. 외국 만화 영화에서 다정하게 굿 나잇 키스를 하는 부모들을 보며 훌쩍인 적이 있다. 세상에 나처럼 냉정한 굿 나잇 인사를 받으며 잠드는 아이는 나밖에 없을 거라며 서러워했다.

동그라미가 되어 잠든 엄마를 손을 뻗어 만진 적이 있다. 어떤 움직임도 느껴지지 않았다. 몇 초쯤 흘렀을까? 엄마의 등이 다시 움직이고 거친 숨을 몰아쉬었다. 그날 이후 낯선 손님 같은 엄마의 등보다, 잘 때 가끔 들리지 않는 엄마의 숨소리가 더 무서웠다. 더 무서운 것으로 덜 무서운 걸 용서했다.

그런 엄마의 등이 내 앞에, 손을 뻗으면 닿을 거리에 있지만 난 엄마를 만지지 않는다. 엄마는 급한 성격에 걸맞게 걸음걸이도 빠르다. 빨리 행동하고 많이 후회하는 사람이 바로 엄마다. 얼마나 행동이 빠르기에 아빠 없이 날 낳았을까?

엄마는 아빠 이야기를 꺼내면 누군지 모른다고 했지만 내가 보기엔 아는 사람을 모른다고 말하는 눈치였다. 엄마는 거짓말을 잘하지만 내게 아빠를 이야기하고 싶지 않은 마음만큼은 잘 숨기지 못한다.

엄마는 모른다. 엄마도 모르는 사람이 내 아빠라고 생각하면 소름이 돋는다는걸.

나는 이따금 복수의 의미로 아빠 이야기를 꺼냈다. 그때마다 모른다고 허둥대는 엄마가 재밌었다. 하지만 중학교에 입학하고부터는 그 장난을 더는 하지 않았다. 남들에게는 있는데 나는 없는 게, 물건이 아니라 사람이라는 게 어쩐지 재밌지 않았다.

"엄마, 내 나이에 뭐 했어?"

"뭐 하긴. 공부했지."

"엄마 날라리였지?"

엄마는 대답 대신 내 얼굴을 빤히 바라봤다. 나도 엄마를 바라봤다. 눈싸움에서 지면 다 지는 거다. 눈으로 화내는 방법을 알려 준 사람이 바로 엄마다.

엄마는 과일을 가게 앞에 진열하고 있었다. 진열할 사과를 면장갑으로 광나게 닦다 말고 나를 바라보는 엄마. 내 질문의 뜻을 모르는 것 같아 다시 물었다.

"엄마 공부 안 하고 맨날 놀러 다녔지?"

"니가 봤어? 엄마 놀러 다니는 거?"

오늘따라 썩은 사과를 먹었냐며 왜 이리 이상한 소리만 하냐며 엄마는 내 질문에 제대로 된 대답을 하지 않았다.

엄마는 내가 심술부리는 순간을 정확하게 알아차린다. 그럴 때면 자연스럽게 자리를 피하거나 말문을 닫아 버린다. 과일 정리를 끝낸 엄마는 집으로 올라가 베란다에서 말린 가자미를 굽는다.

우리 집은 약국 사거리에 있는 3층 건물에 있다. 1층은 우리 과일 가게이고, 2층은 엄마와 내가 먹고 자는 살림집이다. 3층에서는 송 여사가 혼자 지낸다.

나는 곧 타들어 갈 것만 같은 가자미를 보고 소리쳤다.

"물고기 탄다."

엄마는 황급히 가자미를 뒤집으며 눈을 흘긴다.

"보기만 하고 왜 안 뒤집어?"

엄마는 프라이팬에 가자미를 올려놓고 식탁에 밥을 차리고 있었고, 난 뒤집개를 들고 타들어 갈 때까지 바라만 보고 있던 참이었다. 때때로 고장 난 시계처럼 멈춰 엄마의 속을 뒤집어 놓았다. 잘 웃다가 뜬금없는 순간 튀어나오는 심술을 나도 어쩔 수 없다.

분식집에서 사정이 있어 농구를 그만뒀다는 소란의 말이 생각나서 그럴지도 모른다. 어른들의 사정이 우릴 포기하게 만든다. 소란의 사정이란 게 나와 별로 다르지 않을 것 같다.

프라이팬 밑에 깔아 둔 신문지 속 글자들을 읽는다. 요즘 자꾸 글자를 보면 읽으려 든다.

글자들을 순서대로 읽거나 한 글자씩 빼거나 더해서 읽기도 한다. 잠들기 전 휴대폰 메모장에 알 수 없는 글을 쓴다. 글을 쓴다기보다 글자를 신발장 속 운동화처럼 나열한다고 해야 하나.

왼쪽에서 오른쪽으로, 오른쪽에서 왼쪽으로 읽기도 한다. 가로로 읽고 세로로 읽는다. 네모지다 둥근 것이 이어졌다, 끊어진다. 휴대폰을 곁에 두고 자면 아침에 단어들과 함께 눈을 뜨는 느낌이다.

"뭐 해?"

소란은 대답 대신 보기 편하도록 스케치북을 반대로 돌려서 건네주었다. 피아노 교습소 앞 공원에서 내가 오는 것도 모르고 그림을 그리고 있었다. 그림을 그리는 소란을 보니 아이들이 죽고 못 사는 이유를 알 것도 같다. 미소년 같은 외모와 별걸 다 잘하는 아이가 소란이다. 그런 소란을 보고 있으면, 있지도 않은 열등감이 올라온다. 내가 누굴 질투하는 그런 시시한 사람이 아닌데 말이다.

소란이 그린 그림 속에서 두 여자가 웃고 있다. 가는 선을 여러 번 겹쳐 그린 두 여자는 마치 거미줄로 만들어진 사람들처럼 보였다. 두 여자는 벗고 있었고 눈 코 입은 선명하지 않았다. 나는 허락 없이 다음 장을 넘기는 것은 어쩐지 예의가 아닌 것 같아서 호기심을 누르고 스케치북을 소란에게 돌려주었다.

"창녀들을 그린 거야."

내가 묻기 전에 소란이 먼저 답했다. 누굴 그린 것인지 왜 그린 것인지 소란은 자세히 알려 주었다.

"만화에 나오는 주인공들이야. 두 여자는 사창가에서 만나 서로 사랑을 해. 한 여자는 원치 않는 아이를 갖게 되고 다른 여자는 범죄 집단에 연루되어 감옥에 가. 아이를 갖게 된 여자는 혼자 남기 싫어 함께 감옥에 가. 거기서 아이를 낳고……."

소란은 자신이 그린 만화의 줄거리를 이야기했다. 나는 미용실에서 사람들이 누군가를 험담할 때 들려주던 사연 속 인물들을 머릿속으로 나열할 때처럼 소란의 이야기에 집 중했다. 만화 속 주인공들에게는 어떤 사연이 있는 것 같았 다. 그것을 '사랑'이라고 하나?

사람들의 험담 속 주인공들은 대체로 돈 때문에 사람을 버리고 떠나는데, 소란의 만화 속 주인공들은 사랑 때문에 서로를 떠나지 않는다. 엄마는 기분 나쁜 일이 생기면 똥 물을 뒤집어쓴 것 같다고 했다. 소란의 만화 속 두 창녀는 똥물을 뒤집어쓴 것 같은 상황에 놓였는데, 똥물인 줄도 모르고 사는 사람들인 걸까?

그날 이후 나는 동그랗게 구부러진 소란의 등을 자주 보게 되었다. 엄마의 등처럼 동그란 소란의 등. 필요에 따 라 큰 키를 접는 기능이 소란의 몸 어딘가에 있는 것은 아 닐까, 상상할 정도였다.

그날 나는 소란의 첫 독자가 되었다. 소란은 농구를 그 만두고 난 뒤로 만화를 그리면서 시간을 보낸다고 했다. 시간을 보낼 수 있다면 춤을 추든 노래를 부르든 아무 상 관없을 것 같은 표정으로 말했다. 좋아하는 걸 포기했다는 말을 저렇게 담담하게 말할 수도 있구나. 나는 잠깐 소란의 눈을 봤다.

선풍기 한 대가 3단에서 굉음을 내며 돌고, 놀란 바퀴벌레들이 황급히 질주하고 있는 여름 오후다. 소란과 나는 떡볶이나 팥빙수를 먹었다. 뭘 함께 먹었다고 친해지는 건 아니겠지만 처음 만날 때보다 조금 가까워진 건 사실이다. 같은 반이 아닌데 친한 게 이상했는지 아이들은 종종 내게 소란과 어떻게 친해졌는지 묻는다.

"나도 몰라."

아이들은 실망을 감추지 않았다. 내게 소란과 친해지는 비법을 알아내려다 실패했다는 표정이다. 소란도 이런 반응을 속으로 즐기고 있겠지. 인기 많은 걸 싫어하는 사람은 별로 없을 테니 말이다. 내 눈엔 피곤할 정도로 소란에게 관심을 보이는 아이들이 한심해 보였지만 인기란 없는 것보다 있는 게 좋은 거니까.

"너, 피아노는 왜 배우는 거야?"

"그냥. 할 게 없어서."

"하긴, 나도 그래. 할 게 없어서 만화 그려."

"사실 난 엄마가 뭐라고 해서 배우는 거야."

"엄마가?"

"울 엄마 이상한 사람이야. 내가 피아노 배우면 여자처럼 보일 줄 아나 봐. 가끔 답답한 소릴 해."

소란의 눈이 입을 따라 웃는다.

"뭐가 웃기냐?"

"아니, 웃긴다기보다 그냥 재밌잖아."

"뭐가?"

"피아노 친다고 여자처럼 보이면 난, 남자처럼 보이겠 네."

"아마 울 엄마가 봤으면 그랬을지도."

"이상할 것도 없지. 울 아빠도 그랬어."

"……."

"내가 어떻게 살든 관심도 없으면서 남자처럼 보이니까 농구는 절대 하지 말라더라."

"웃기네."

"맞아, 너무 웃겨서 웃기지도 않지."

"야, 너 지금은 만화 그리니까 뭘로 보이냐고 물어봐."

"궁금하지도 않지만, 물어볼 수도 없어."

우린 왜 이런 게 이렇게 잘 통하는 걸까. 기분 나쁘게. 사실 이유가 궁금한 건 아니다.

"그래도 너는 나보다 낫지."

"뭐가?"

"사실 난 피아노 더럽게 못 쳐."

"나도 뭐."

다른 사람이 그렇게 말했으면 기분 나빴을 거다. 나도 모르진 않는다. 내가 하는 뻘짓과 소란이 하는 뻘짓에는 차이가 있다. 할 게 없었다는 출발은 같을지 몰라도 실력은 달랐다. 나는 여전히 체르니 30을 벗어나지 못하고 있다. 하지만 소란은 달랐다. 포털 사이트 독자 코너에 당선된 경험도 있고, 누가 봐도 수준급 만화를 그렸다. 이해하기 어려웠지만, 소란의 만화에는 '어른스러움'이 있다. 다른 아이들의 유치한 어른스러움과 다른. 모든 나이를 전부 살아 본 사람처럼 보이는데, 그런 느낌을 뭐라고 설명해야 할지는 모르겠다.

여하튼 나와는 다른 뻘짓을 하고, 나와 다른 실력으로 진짜 어른이 되길 준비하는 아이가 바로 소란이다. 다른 애들이 친해지고 싶어 발을 동동 구르는 그런 아이가 날마다 나를 기다린다. 언제부턴가 기다린다는 말도 없이 기다릴

만큼 자연스럽게 날 기다린다.

소란은 요즘 웹툰 공모전을 준비 중이다. 목표가 뚜렷한 뺄짓은 뺄짓이 아니다.

"너 오늘 피아노 치는 날이지?"

"아니, 오늘은 교습소 쌤 선보러 가는 날이라 안 가."

"그럼 우리 집 갈래?"

그날 처음 소란의 집에 갔다. 소란만 보면 꺅꺅거리는 애들이 이 사실을 알았다면 아마 부러워했을지 모른다.

나는 소란을 따라 빌라가 즐비한 골목을 지나면서 그 아이들 중 양민혜를 떠올렸다. 주는 것 없이 얄미운 아이였는데 요즘은 더 싫다.

내가 학교 끝나고 소란과 함께 집에 가는 것도, 매점에서 소시지를 사 먹는 것도 못마땅하게 바라봤다. 주는 거 없이 미운 게 아니라 이젠 좋은 걸 준다 해도 미운 아이가 양민혜다.

양민혜가 봤더라면 좋았겠다, 그런 생각을 하면서 빨간 벽돌집 담벼락을 돌고 있는데 검은 고양이 한 마리가 담장에서 우릴 보고 멈추는 것이 보였다. 도망치지 않고 우릴 보고 있다. 정확히 말하면 내가 아니라 소란을 보는 거다.

"나비야."

"저 고양이 이름이 나비냐? 무슨 할머니도 아니고 나비가 뭐냐, 나비가."

"예쁘잖아. 저 아이 진짜 나비처럼 날아."

환갑이 넘은 송 여사도 동네 모든 고양이를 나비라고 부른다. 소란은 가끔 늙은 사람 같은 말투를 할 때가 있다. 생긴 건 남자 아이돌인데 말이다. 늙은 아이로 오래 살아왔던 소란의 이야기를 듣기 전까지 이유를 모른 채 놀리기만 했다.

소란이 가방에서 소시지를 꺼내 고양이에게 줬다. 한입 크기로 소시지를 잘라 고양이 입 가까이에 가져다 대니까 고양이가 등을 들썩이며 갸르릉 소리를 냈다. 사람도 차고 넘치는데 고양이까지 소란을 좋아하는 건가.

"들어와."

손잡이를 돌리자 녹슨 은색 문틀이 비틀대더니 문이 열렸다. 마루를 사이에 두고 나무 문 두 개가 마주 보고 있다. 촘촘한 빌라들 사이에 유일한 단층집, 그 안에 있는 방 한 칸이 소란의 집이다. 직접 보니 주인집 방 한 칸에 세 들어 산다는 소란의 말이 이해가 된다.

방과 방 사이에 주인집 부엌이 있고 그 옆에 화장실이 있
다. 소란의 방을 열고 들어서면 어린아이 한 명이 간신히
드나들 수 있는 작은 문이 하나 더 있다. 문 안에 있는 문.
그곳에 부엌이 있다고 했다.

한동안 소란을 떠올리면 그 문이 생각났다. 기억에 남은
게 하필 문일까 싶은데, 나도 어쩔 수 없다. 함께 있을 때,
한 번도 열어 보지 못한 그 문의 손잡이를 시간이 잡고 돌
리는 상상을 한다. 상상과 동시에 나는 높은 곳에 매달린
아이가 된다.

"너무 어렸을 때 일이라 그런가 아니면 엄마가 너무 많아
서 그런가 자주 기억이 뒤죽박죽이야. 언제였더라, 날이 더
워서 몸 어디를 만져도 끈적끈적했어. 시소에 혼자 앉아 지
나가는 개미를 보고 있는데, 어떤 늙은 아줌마가 나를 내
려다보는 거야. 난 여기까지 생각나. 얼굴에 그늘이 깊어
서 이목구비가 잘 보이지 않는데도 혹시 이 사람이 날 낳
은 사람일까 생각했어. 아빠가 날 데리고 이곳저곳 떠돌 때
마다 엄마가 한 명씩 늘어 갔어. 나는 엄마가 많아. 아빠가
친절한 아줌마들을 만날 때마다 엄마라고 부르라고 했거

든. 그래서 낯선 아줌마들한테 엄마, 엄마 하면서 자랐어. 그래야 뭐라도 얻어먹으니까. 그날그날 살아 내는 방법이 그것밖에 없는 줄 알았어. 그리고 혹시 그들 중 누군가 진짜 엄마일지도 모르니까."

소란과 나는 개별 포장된 초콜릿을 까먹듯 각자의 이야기를 했다. '이건 비밀이야.' 하고 말하지 않았지만, 누구에게도 쉽게 말하지 않던 이야기다. 누구에게도 할 수 없는 말을 아무에게도 하지 않으면서 누구든 알아주길 바라는 비밀.

시작은 소란이 아니라 나였다. 아빠는 나란 아이가 세상에 있다는 사실도 모를 거라고. 소란이 끓여 준 라면을 먹다가 나도 모르게 불쑥 튀어나온 말이다.

책상 위에 놓인 액자 속에는 주름이 많은 아저씨와 어린 여자아이가 웃고 있었다. 내가 멍하니 사진을 보고 있으니 소란은 불쑥 엄마 이야기를 꺼냈다. 나도 불쑥 소란도 불쑥. 우린 이렇게 불쑥 우리의 빈 곳을 드러냈다.

방이자 집인 소란의 공간에서 우리는 뜨거운 라면을 후후 불며 그렇게 오후를 보냈다.

그날 이후 우리에게 작은 변화가 생겼다.

난 소란을 소팔이라고 불렀다. 키가 170센티미터가 넘는, 남자처럼 생긴 아이에게 '소란'이라는 이름은 어울리지 않았다. 내가 자기 이름을 아무렇게나 바꿔 불러도 소란은 이유를 묻지 않았다. 소란이 내 이름에서 '연'자를 빼고 '팔'을 넣어 부를 때 알았다. 날 편하게 부를 때를 기다리고 있었다는 걸.

그리고 또 다른 변화가 생겼다. 시간이 조금 흐른 뒤, 이 변화가 우리 사이에 작은 틈을 만들었다. 미세한 먼지가 쌓이고 쌓여 뽀얀 먼지 더미가 되고, 결국에 만지기 싫은 더러운 물건이 된다. 우리 사이가 그렇게 되어 간다.

소란이 전학 온 후 처음 결석을 했다. 소란은 내게 아무 말도 하지 않았다. 내가 소란의 교실에 갔을 때 양민혜가 집에 사정이 생겨 소란이 며칠 결석할 거라는 사실을 알려 줬다.

묘한 배신감이 들었다. 양민혜가 아는 걸 내가 모르고 있다니. 무엇보다 그 사실을 자랑스럽게 말하는 양민혜의 입 모양이 거슬렸다.

"소란이 하루 이틀 정도 결석할 거라고 했어. 너 몰랐니?"

그래, 몰랐다. 어쩔래, 라고 말하고 싶었지만 관뒀다. 소
란에 대해 나보다 하나 더 안다고 뭐가 달라지겠냐며, 안
도하면서 말이다.

"농구 코치님이 아파서 서울 간다고 했어."

순간 샤워기에서 갑자기 찬물이 나왔을 때처럼 놀랐다.
소란이 농구 선수였던 사실도, 코치에 관한 이야기도 양민
혜는 전부 알고 있다.

내가 고개를 돌려 양민혜 쪽을 바라봤다. 사사건건 지지
않으려는 눈빛으로 날 쏘아보는 아이. 초등학교 때와 달
라진 게 없다.

이틀 뒤 소란이 학교에 나왔을 때, 나는 아무것도 묻지
않았다. 무관심으로 화를 내고 있는데 소란은 모르는 눈
치였다.

오렌지주스 몸통에 붙은 빨대가 떨어지지 않아 엄지손가
락에 힘을 주고 있는데 소란이 입을 열었다.

"코치님, 암이래."

"뭐?"

빨대가 언제 그랬냐는 듯 힘없이 떨어졌다. 무관심으로
화를 내는 것도 힘든 일이다.

"치료가 어려울 것 같다고 그러네."

"……."

소란은 아빠 이야기보다 코치 이야기를 더 많이 하는 아이였다. 울어도 좋다고 허락하면 금방이라도 갓 태어난 아기처럼 악을 쓰고 울 것 같은 얼굴을 하고 있다.

소란을 코치에게 맡겨 두고 소란의 아빠는 어디론가 떠난 뒤 소식이 끊겼다. 소란은 코치 집에서 자기보다 나이가 많은 남자아이를 만났고, 오빠라고 불렀다. 오빠도 소란처럼 누군가 맡겨 둔 아이였다고 했다. 자동차 정비소에서 일하는 오빠 덕분에 지금 사는 집을 얻을 수 있었다고 했다.

"내 이야기 지루하지?"

"아니."

"정신없어서 결석한다고 전화 못 했어."

"괜찮아."

"너 무슨 일 있었어?"

"일은 네가 있었지. 난 아무 일도 없었어."

"기분이 나빠 보여."

말수가 많거나 말이 빠른 아이도 아닌데 소란의 이야기

는 언제나 큰 파도처럼 다가온다. 나와 동갑이라기엔 믿기 어려운 경험을 한 아이 같다. 그래서 내가 이 상황에 이런 질문을 하는 게 맞는지 모르겠다.

"너, 양민혜랑 친해?"

소란은 뜬금없는 내 말에 놀라는 눈치였지만 바로 '별로'라고 말했다. 곁눈으로 내 기분을 살피던 소란이 다시 말했다.

"안 친해."

나는 피아노 교습소에 간다는 핑계를 대고 자리에서 일어섰다. 소란은 별로 친하지 않은 친구에게 비밀을 털어놓는 아이이거나, 비밀이라고 생각했던 건 나만의 착각이거나 둘 중 하나다. 무엇이 되었든 신경질이 나긴 마찬가지다.

소란은 피아노 교습소 앞 공원 의자에서 만화를 그리며 날 기다렸다. 교습소 열린 문틈으로 소란의 동그란 등이 보인다. 불편한 자세로 만화를 그리면서도 할 일이 없어 만화를 그리는 것이라고 말한다. 나는 좋아서 하는 일이라고 말하지 않는 소란을 거짓말쟁이라고 생각하지 않는다.

좋아하는 걸 좋아한다고 말하면, 좋아하는 무엇이 내게서 등을 보일 것 같다. 소란도 그럴 거다. 좋아하는 것들의 등을 보기 전에 먼저 등을 보이는 게 우리가 만든 규칙이다. 좋아하지 않는 척하면서 지켜 내고 싶은 것, 소란은 그것을 위해 등을 구부리고 앉아 있다. 나는 아예 좋다고 말하지 않는다. 안전하게 날 지킨다.

우리는 소란의 집에서 라면을 끓여 먹었다. 라면을 먹고 휴대폰으로 음악을 들으며 오후를 보냈다. 늘 함께 시간을 보냈는데 소란은 언제나 성적이 좋았다. 그냥 좋은 게 아니라 상당히 좋았다. 학원 같은 걸 다니지 않는데 도대체 성적이 좋은 비결이 뭘까?

늘 비어 있는 소란의 집에서 오빠를 봤다. 키는 소란과 엇비슷했고 벙실벙실 웃는 사람이었다. 아니 벙벙하게 웃는 사람. 속이 빈 공갈빵 같은 웃음을 짓는 사람이 소란의 오빠였다.

"소란이 친구야?"

굵고 거친 목소리로 묻는다. 우리가 친구니까 여기 있는 게 아니겠냐고 말할 뻔했다.

"사이좋게 지내."

너무 촌스러운 말이다.

"네."

나는 속으로 살짝 비웃었다. 시원시원한 매력을 지닌 소란에 비해 왜소하고 쭈글쭈글한 이 사람을 보면서 나도 모르게 남매로서 공통점을 찾고 있었다. 친남매가 아니니까 공통점이 없는 건 당연한데.

"병원까지 갔던 거야?"

"아니. 사모님이 병원까지 따라오지 말라고 했어. 다 우리 때문에 생긴 병이라고."

뒤통수를 벅벅 긁으며 웃는 오빠를 소란은 멍한 눈으로 바라본다. 지나치게 착해서 걱정이라고 말한 적이 있는 오빠가 바로 이 사람이구나, 눈치로 알 수 있었다.

소란은 오빠를 좋아했다. 친오빠였으면 좋았을 거라고. 좋으면 그걸로 된 거라는 내 말에 소란은 조금 기뻐하는 것처럼 보였다. 송 여사가 말했다. 좋으면 진짜가 되는 거라고.

오빠가 가고 소란은 코치를 걱정하며 눈물을 보였다. 처음 본 소란의 눈물에 당황했지만, 울고 싶은 마음은 이해가 갔다.

"코치님은 아빠 친구였어. 지금은 연락 안 하고 지내니까, 이제 친구가 아니지만. 아빠가 날 코치님에게 맡기고 소식을 끊었는데 그 뒤로 코치님은 절대 아빠를 찾지 않았어. 그냥 처음부터 식구였던 것처럼, 아니 어쩌면 찾아도 소용없는 아빠 대신 아빠가 되려고 했었나? 생각했지. 그런데 코치님 집에 갔을 때 이미 나처럼 누가 버리고 간 아이가 또 있었어. 아이를 낳고 싶은 사람도 있고 낳은 아이를 버리고 싶은 사람도 있어. 이상할 거 없어. 왜 키우던 강아지를 막 버리는 사람도 있고 그런 강아지 데려다 열심히 보살피는 사람도 있으니까. 오빠는 워낙 오래 코치님하고 지내서 거의 친부모 자식 같은 사이였는데……. 사모님이 우릴 좋아할 리 없지. 난 사모님 이해해. 다 이해할 수 있는데 우리더러 병원도 집에도 오지 말라고 하는 건 너무해. 코치님 암이라는데 아직 한 번도 얼굴을 못 봤어. 얼마나 아픈지 알지도 못해서 나랑 오빠는 발만 동동 구르고 있어."

소란은 붉어진 눈가를 손가락 끝으로 꾹 눌렀다.

"나 진짜 농구 선수 되고 싶었어. 코치님이랑 전국 대회도 나가고 싶었어. 사실 나 농구 잘했거든. 주전 자리에 날 앉히면 학부모들이 징계위원회를 열겠다고 해서 그냥 관뒀어. 계속 치사하게 코치님 괴롭힐 것 같아서. 코치님이 나 키 크다고 엄청 좋아했거든. 키라도 커서 다행이라고 생각했어. 뭐라도 되고 싶었어, 코치님을 위해서. 그래서 농구 관두고 별로 미련도 없었어. 그냥 남는 시간에 공부도 하고 만화도 그리고. 가끔 답답하면 공원에서 가볍게 뛰고 오면 돼. 농구 배우길 잘 했지. 나, 답답할 때 뭘 해야 할지 몰랐거든. 아빠랑 살 때, 여자들이 아빠랑 싸우면 날 때렸어. 그때마다 막 뛰쳐나가고 싶었는데 갈 데가 없었고 할 것도 없었어. 농구 하다 보면 시원해. 공을 골대에 넣는 것도 좋지만 그냥 뛰는 게 좋아. 공을 들고 뛰니까 혼자가 아닌 거 같아. 어딘가 한 곳에 집중해 달리는 거잖아."

양민혜한테 이 이야기를 다 했냐고 묻고 싶었다. 온통 그 생각에 소란의 말에 전혀 집중할 수가 없다.

요즘 어딘가 매달려 있는 기분이 든다. 어딘가 매달리면 나도 모르게 간절해진다. 그래서 싫다. 간절하게 매달리는 대상이 사람일 때 느끼는 불안이 싫다. 예전에는 얼굴도 모르는 아빠에게 매달렸다면, 이제는 소란에게 매달린다. 만져 보지도 못한 사람에게 매달릴 때는 당연하다고 생각했는데, 보이는 사람에게 매달리고 있으니 놀이 기구를 탄 기분이 든다.

"양민혜랑 친하냐고 물었지? 나는 그 애 별로야. 반장이라 담임이 말한 모양이야."

소란에게 사람 마음을 훤히 들여다보는 능력이 있는 줄
은 몰랐다.

천도복숭아

돔과 돔 사이를 달리고 있다. 겨울인데 땀이 등을 타고 흘렀다. 늘 논으로 밭으로 달리던 내가 그날은 하얀 돔 사이를 달리고 있었다.

엄마가 나를 낳고 있을 때, 시집간 큰언니도 첫아이를 낳았다. 그러니까 시집간 큰딸과 늙은 엄마가 같은 날 아이를 낳았다. 이런 일은 이곳에서 흔하게 일어나는 일이다. 아들이 장가가는 날 엄마가 자식을 낳는 일처럼 말이다.

나는 천도복숭아를 품에 안고 대학병원 병동과 병동 사이를 지나고 있다. 중요한 건 여름도 아닌데 어디서 천도복숭아를 구했는가가 아니다. 팔 남매 중 딸들 이름만 외우지 못했던 아버지가 내 눈을 보고 천도복숭아를 구해 오라고 말했다는 사실이다.

눈치가 빠른 막내 만순이 있었다면 천도복숭아를 구해 오려는 나를 말렸을 텐데. 아니다. 적어도 아버지가 천도복숭아를 한 입 베어 물기 전에 빠르게 뺏었을지도.

아버지는 천도복숭아를 한 입 먹은 뒤 하얀 거품을 토하고 곧바로 숨을 거뒀다. 침대 발치에 붙어 있는 '절대 금식'이라는 글자를 읽을 줄 알았더라면 아버지의 죽음을 막을 수 있었을지도 모른다. 막내 만순은 아버지의 죽음을 내가 배움이 없어 생긴 사고라고 믿었다. 그 후로 만순은 많이 배운 사람에 대해 끝없는 동경을 품었다. 정작 나는 글자를 모르는 채 살아가는 삶의 방식을 택했고, 배우고 말고가 뭐가 중요한지 알지 못했다.

삼일장을 치르던 첫날도, 둘째 날도 나는 울지 않았다. 엄마가 알려 준 곡소리에 장단을 맞춰 우는 흉내만 냈다. 문상객 중 누군가가 '천도복숭아'라는 단어를 꺼냈던 순간, 아버지의 죽음을 실감한 나는 서러운 울음을 토해 냈다.

막내 만순이 중학교에 입학할 때도 나는 고추밭에서 병든 고추를 골랐다. 만순이 상업고등학교를 입학하겠다고 단식할 때, 나는 새참으로 나온 곡주를 홀짝였다. 기필코 학교에 가겠다는 만순을 보며 나는 농사일이 좋다고 말했다.

어느새 나는 착한 일꾼이 되어 모든 형제를 돌보는 사람이 되었다. 만순이 고등학교에 진학하자 아무도 내게 학교에 가라고 말하는 사람이 없었다. 그런 나에게 글자 읽는 법을 알려 준 사람은 점쟁이 곽씨 아줌마네 막내딸, 순미였다. 아무도 나의 배움에 관심이 없었는데, 순미만은 이상하리만치 집착했다.

순미는 논길에 앉아 정수리에 볕을 쬐며 졸고 있는 내게, 버려진 비료 포대를 주워 읽게 했다. 그 안의 글씨를 전부 읽을 때까지 아무 데도 가지 말고 자기 옆에 있으라고 했지만, 나보다 한참 어린 순미에게 글자를 배우는 게 부끄러웠다. 부끄러움이 배움의 시작이 되어 줄 거라고 알려 준 사람이 순미였다.

"언니야, 글을 쓸 줄도 알아야 사람 노릇을 하지."

순미가 애걸복걸하며 배움을 부추길 때마다 생각했다. 배움은 속 편할 정도에서 만족하면 그만이라고.

어느 날 대도시로 가는 기차표가 한 장 생겼다. 아버지가 세상을 뜨고 가장 노릇을 하던 큰오빠가 보내 준 기차표다. 오빠가 서울에서 미용 기술을 배우라고 했다. 크고 작은 농사일을 도맡아 하면서 오빠들 대학 등록금을 보내 주던 나를, 이제 가족들은 슬슬 부담스러워했다. 시집갈 나이를 훌쩍 넘겨 늙어 가고 있었기 때문이다.

오빠들은 논과 밭을 모두 팔아 대도시로 떠났고, 집 한 채를 남겨 두었다. 하지만 곧 그 집마저 작은오빠 사업 자금에 보태야 했다. 나는 특출난 기술도, 볼 만한 인물도 없이 결혼할 나이를 넘겼다.

가족들이 모여 내 앞날을 상의할 때마다 당사자인 나는 그 자리에 끼지 못했다. 내가 살아갈 날들인데 선택권은 가족에게 있었다. 누군가 무슨 결정을 하면 부지런히 짐을 챙겨 그 자리를 떠날 뿐. 그럴 때마다 나는 천도복숭아를 구해온 죗값을 치르는 중이라고 생각했다.

미용 기술로 돈을 모아 바닷가 마을에 작은 미용실을 열고 살아가던 내게 무연 모녀가 찾아왔다. 무연이 소연의 배 속에서 세상의 빛을 받으면 천 가지 색으로 빛날 것 같은 눈을 꼭 감고 있을 때 일이다.

미용실에서 일할 만한 젊은 미용사를 구하고 있었는데 때마침 아는 사람 소개로 소연을 만났다.

"아이고, 나이보다 더 어려 보이네."

"……."

수줍어서 말이 없는 거려니 했는데 다시 보니 불안한 눈빛으로 사방을 살피는 소연이 걱정스러웠다.

"혹시나 해서 그러는데 미성년자야?"

"……."

"아니, 나이도 어린데 왜……."

집은 어디인지, 부모님은 아시는지 아무리 물어도 소연은 답이 없었다.

"그런데 학생 배 아파? 아까부터 자꾸만 배를 만져?"

언젠가 무연이 소연에게 소리치는 모습을 본 적이 있다.

"우리는 어디에서 굴러온 사람이야?"

동네 사람들이 뒤에서 하는 말을 듣고 무연이 화가 난 모양이다. 뒤에서 떠도는 말들은 대체로 다 그런 식이다. 사람을 굴러다니는 돌로 만든다. 뒤이어 무연이 소연을 향해 '아무것도 해 준 것이 없는' 사람이라고 소리를 질렀다. 현관문에서 그 소리를 듣고 있자니 가슴이 타들어 가는 느낌이었다. 소연이 무연을 지키기 위해 했던 일을 나는 알고 있다.

어릴 적 동네에서 사람들이 개 한 마리를 나무에 목매달아 몽둥이질했는데, 어미 개가 어느새 느슨해진 줄을 풀고 새끼들에게 기어가는 모습을 봤다. 피를 흘리면서 젖을 물리는 어미 개가 망치로 머리를 맞고 그대로 죽었다. 어미 개 젖을 마지막까지 물고 있던 새끼를 어른들 몰래 산에 풀어 주었다. 이 일을 알고 있는 사람이 순미였고, 순미가 나에게 글을 알려 주고 싶었던 마음이 든 이유가 되었다.

순미가 만신의 딸이라 눈치가 빨라서 기분 나쁘다고 동네 사람들이 수군댔지만, 내 눈에는 그들이 더 이상해 보였다. 곤란한 일이 생길 때마다 똥 마려운 얼굴을 하고 순미네 엄마를 찾아가던 사람들이다.

그날은 어미 개가 동네 사람들이 내리친 망치에 맞아 죽던 날보다 더 어둡고 눅눅한 기운이 감도는 날이었다. 미용실 문을 열고 시커먼 사람의 형상이 나타나 느닷없이 소연의 머리채를 낚아챘다. 소연의 아빠와 그림자와 다를 게 없는 소연의 엄마가 미용실로 들이닥친 날을 나는 오래 기억할 수밖에 없다.

소연의 아빠라는 작자가 딸의 머리채를 움켜쥐고 있었다.

나는 있는 힘을 다해 그 손아귀에서 소연의 머리채를 빼내려고 애썼다. 아침마다 소연이 단정하게 빗어 하나로 묶는 머리다. 내게 폐를 끼치지 않겠다는 소연의 각오처럼, 단정하고 야무진 머리다. 내가 힘을 주며 주먹을 풀려고 하자 소연의 아빠는 곁에 있는 업소용 드라이기를 집어 들어 소연의 머리를 내리쳤다. 머리를 맞고 바닥에 쓰러진 소연의 배를 발로 걷어찼다.

"이, 더러운 년."

자신의 딸을 더럽다고 소리치는 사람의 몸에서 움직일 때마다 각종 음식 냄새와 뒤섞인 술 냄새가 났다. 소연의 곁에 서 있던 그림자가 '아' 하고 소리를 냈다.

나는 배를 움켜쥐고 바닥을 뒹구는 소연을 그림자 대신 감싸 안았다. 누가 신고 좀 해 달라고 울부짖다가 소연의 상태를 살폈다. 다행히 기절하거나 피를 흘리지 않았다. 구경 나온 동네 사람들이 신고하라고 웅성대기 시작했다.

"내 새끼 내가 패는데 당신들이 뭔 상관이야?"

경찰이 미용실에 도착했을 때, 소연의 친엄마는 남편 대신 변명을 하기 시작했다. 신고할 마음은 없고 딸아이가 나쁜 길로 빠져 버릇을 고치는 중이라고 떠들기 시작했다.

"아무 상관 없는 사람은 빠져요."

나는 아무 말 없이 소연을 품에 안고 있었다.

"동네 개도 아니고 딸년이 어디서 어떤 놈 애를 가졌는지 모르는데 어떤 아빠가 그냥 넘어갑니까? 그래서 술김에 한마디 했습니다. 이해하시죠?"

경찰은 소연의 친엄마에게 신고할 의사가 없음을 두 차례 확인한 다음 자리를 떴다.

소연의 부모는 그 뒤로도 몇 차례 더 미용실을 찾아왔다. 미용실을 때려 부수던 날과 달리 점점 온순한 태도를 보였고, 나에게 돈을 요구하던 날에는 당당해 보이기까지 했다. 내가 건물주라는 걸 알아냈을 땐, 과일까지 사 들고 미용실에 찾아왔다.

미성년자인 딸을 고용해 영업장에서 일을 시켰으니 그 월급을 계산해 내놓으라고 요구했다. 나는 소연이가 울며 매달리는데도 한사코 은행에서 돈을 찾아 그들 손에 쥐어 주었다. 속으로 계속 찾아오면 어쩌나 걱정했지만, 지금까지 두 사람은 그림자도 얼씬하지 않는다.

소연은 어린 나이에도 어미 개처럼 배 속에 있는 무연을 지켰다.

"무연아, 소란이란 애 알아?"

나는 무릎을 베고 누워 있는 무연을 내려다봤다. 무릎을 베고 누운 무연이 갓난아이 같다.

"응."

"같은 반 친구야?"

"아니, 다른 반인데, 걔 웃긴다. 할머니가 귤 줬다고 귤 값으로 다이어리 주더라."

"그래? 예의 바른 친군가 보네."

"소란이, 남자처럼 생겼지?"

또래 친구들을 시시하게 생각하는 무연이 어쩐 일인지 소란이란 아이 이야기를 하면 얼굴에 생기가 돈다. 툴툴거리며 흉을 볼 때도 표정은 햇빛 만난 강아지처럼 밝다.

그렇게 좋아 죽고 못 살던 소란과 무슨 일이 있었는지 요즘은 통 그 아이 이야기를 꺼내지 않는다. 잘 웃지도 않는다.

민혜

전동 카트 둘레를 감싼 비닐 사이로 엄마가 보였다. 모
자를 벗고 화장을 고치고 있었다. 지난번 내가 사 준 비비
쿠션으로 눈가 주변을 두드리고 있다. 아마 기미를 감추
고 싶어서였을 거다. 감춰도 엄마의 기미는 회색으로 더욱
선명하게 보일 뿐이다. 다른 화장품은 다 효과 없었는데
내가 사 준 것만 기미가 잘 감춰진다고 좋아했다. 비싼 화
장품 필요 없다며.

엄마는 2년 전, 아빠가 운영하는 횟집이 망하고 야쿠르
트 아줌마가 되었다. 처음에는 하루 판매량이 늘 미달이라
고생했는데 요즘은 조금 나아진 모양이다. 아무리 나아져
도 날 화실에 보내 줄 수 없다는 사실은 아직 받아들이지
못했다. 엄마는 엉뚱한 데서 미련하다, 사람 마음 아프게.

"엄마!"

"왔어? 밥은?"

"집에 가서 먹을래?"

나는 머뭇거렸다. 집에 가서 먹겠다고 했지만, 가기 싫다. 유튜브 게임 중계를 보고 있을 아빠를 보고 싶지 않다. 횟집이 망하고 아빠는 집귀신이 되었다. 처음에는 동네 피시방에서 보냈지만, 엄마의 야쿠르트 판매량이 좋아진 다음부터 집에만 붙어 있다.

엄마도 내가 집에 가기 싫어하는 이유를 알고 있다. 나보다 더 날 잘 아니까. 집에 가기 싫어하는 내게 버스 종점에 새로 생긴 분식집에서 떡볶이 먹고 가라고 용돈을 쥐어 준다. 나는 고개를 저었다.

"왜? 떡볶이 질렸어?"

"아니야, 오늘은 그냥 집에서 먹을게."

"엄마, 이번 달에 또 판매왕 됐다."

판매왕이 활짝 웃는다. 웃는 얼굴 위로 주름살들이 일제히 일어나 불규칙한 모양의 도형이 된다. 내가 사 준 싸구려 비비쿠션이 일제히 균열을 일으킨다. 엄마 말이 옳다. 값비싼 화장품으로도 가릴 수 없을 정도로 깊은 주름이다.

"그럼 우리 딸 집에 가서 밥 먹어."

"응."

"민혜야."

돌아서는 날 엄마가 부른다.

"왜?"

"그냥. 오늘따라 왜 그렇게 기운이 없어?"

"아니야."

"별일 없는 거지?"

나는 고개만 끄덕였다.

엄마는 자기 얼굴 위로 어떤 모양의 도형이 생기는지 모른 채 활짝 웃는다.

사실 일이 없었던 건 아니다. 그렇다고 또렷한 사건이 있었던 것도 아니다. 뭘 어떻게 설명해야 할지 잘 모르겠지만 요즘 무연을 볼 때마다 마음이 좋지 않다.

초등학교 다닐 때 친했던 무연이 이제는 도통 아는 척을 하지 않는다. 소란과 무연이 함께 다니는 모습을 볼 때마다 마음이 이상했다. 무연은 다정한 성격은 아니지만, 배려심이 있는 친구다. 초등학생 때도 사업이 망할 때마다 집에서 놀고 있는 아빠가 창피했던 나를 조용히 모른 척해 줬다. 엄마도 무연을 좋아했고 무연의 엄마하고도 친하게 지냈다. 그런데 언제부턴가 사이가 어색해졌다. 무연이 먼저 거리를 두기 시작했다.

소란이 결석한 이유를 내가 먼저 알고 있는 게 기분 나빠 보였다. 나는 반장이니까 알고 있는 게 당연한데, 왜 기분 나쁜 걸까?

이런저런 생각을 하다 보니 벌써 집 앞이다. 심호흡을 했지만 집에 들어가기 싫은 마음은 변함없다. 빌라 계단을 올라가는데 벽을 기어오르는 거미 한 마리가 보였다. 나도 모르게 맨손으로 거미를 잡았다. 벌레는 왜 살아갈까? 벽이나 땅을 기어 다니고 생김새도 흉측한데 말이다.

문을 열고 안으로 들어서니 종일 집 안에 묵어 있던 담배 냄새가 훅 하고 코로 몰려든다. 내가 들어오는 소리에 거실 구석에 있던 아빠가 엉덩이로 밀면서 기어 나온다. 내 쪽으로 고개를 쑥 내밀면서 "나 배고파." 한다. 내가 왜 기어 다니는 벌레를 싫어하게 되었는지 알겠다.

나는 아빠를 가만히 내려다보았다. 날 올려다보는 아빠 손에 칼이 들려 있다. 오늘도 사시미 칼을 닦고 있었던 거다. 칼자루에 화려한 꽃무늬가 그려져 있다. 칼을 넣어 두는 검은색 케이스도 있는데 엄마 말로는 이 케이스도 칼만큼이나 비싼 거란다.

아빠를 무시하고 방으로 걸어가 나는 뒤도 돌아보지 않고 아빠에게 물었다.

"아빠, 그 칼 진짜 일본산이야?"

"그럼. 여기 케이스에 일본 말로 쓰여 있잖아. 동배가 그러는데 이 칼 일본에도 두 개밖에 없는 칼이라더라."

동배 아저씨 말이라니 더 못 믿겠다. 내 눈에 세상 다시 없을 사기꾼이 동배 아저씨다. 일본에도 두 개밖에 없다는 칼을 그 아저씨는 어떻게 구한 걸까 잠깐 생각했다.

"아빠는 그 칼이 좋아?"

"그럼. 아빠 다시 횟집 문 열면 이 칼로 멋지게 참치 뱃살을 가를 거야. 아빠 실력 알지?"

아니, 난 모르겠다. 내가 아는 건 아빠 실력이 아니라, 바람보다 빠른 실패의 속도뿐이니까. 그에 비해 동네 꼬마들보다 느린 아빠의 성장 속도. 엄마는 얼굴이 갈라지고 있는데 아빠는 엄마보다 피부가 더 좋아 보인다. 하는 일이라고는 엉덩이로 기어 다니면서 종일 게임 중계를 보거나 가짜 일본산 칼을 닦는 게 전부다.

엄마는 아빠를 탓하지 않는데 아빠는 엄마가 바람피울지 모른다는 헛소리를 하기도 했다. 그게 딸 앞에서 할 소리인가. 아빠 벌레는 왜 사는 걸까?

"조금만 기다려 동배가 아빠한테 미안해서 이번에는 좋은 가게 자리 봐준다고 열심히 칼 갈고 있으랬어. 너도 알지? 동배가 한다면 하는 사람이잖아. 아저씨도 가게가 이중으로 계약된 건 몰랐다잖아."

지난번 아빠가 운영하려던 횟집은 이중 계약으로 문도 한 번 열어 보지 못하고 닫았다. 가게가 어떤 상태였는지도 몰랐던 사람이 일본에 두 개밖에 없는 칼은 어떻게 알았을까? 동배 아저씨는 아빠 말처럼 대단한 사람이다.

더 대단한 건 아빠의 믿음이다. 어디서 무슨 일을 하는지도 모르는 동배 아저씨는 믿으면서 같은 자리를 지키며 야쿠르트를 파는 엄마는 왜 믿지 않는 걸까?

"지금이야 너네 엄마가 돈 좀 번다고 잘난 척하지만, 옛날에 너네 엄마가 배운 게 없고 무식해서 아빠 많이 고생시켰으니까 괜찮아. 엄마가 하도 쫓아다녀서 결혼했다고 말했지? 결혼하자고 어찌나 덤비던지. 엄마가 고아라서 부모 사랑을 못 받고 자라 나밖에 몰라서 그래."

두 번만 더 들으면 백 번째인가, 천 번째인가.

엄마가 고아라서 부모 사랑 못 받고 자랐다는 말, 유치원 때부터 아빠랑 아빠네 엄마한테서 무지하게 듣고 자랐다. 뜻도 모르고 들을 때, 먼 나라 괴물 이름처럼 무섭고 아득했던 '고아'란 단어의 뜻을 아침 드라마를 보다가 알게 되었다. 그 뒤로 나는 아빠와 아빠네 엄마에게 인사하지 않는다.

험한 말을 늘어놓는 아빠의 입을 보면서 잠시 생각에 빠졌다. 무연이 날 싫어하는 이유가 아빠를 닮아 무신경한 성격 때문일까?

"아빠가 뒤끝이 없잖아. 옛날 일은 옛날 일이니까. 그러니까 너네 엄마 같은 여자랑 사는 거야."

이제야 기억났다. 무연에게 나도 아빠처럼 말했다. 그랬었다.

나는 뒤끝 없는데 너는 왜 옛날 일에 집착하냐고.

초등학교 6학년 때 같은 반에 아빠가 맥주 공장에 다니는 아이가 있었다. 열세 살 우리는 가끔 그 아이에게 맥주 공장 이야기를 들었다. 우리 중 누구도 술을 마셔 본 적이 없었고 심지어 나는 술이 싫었다. 엄마가 운동화 상자에 몰래 숨겨 둔 소주를 마신다는 사실을 알았을 때부터다. 엄마가 술을 마시는 게 싫어서 알은체를 하지 않은 건 아니다. 다른 곳에 숨겨 두고 먹는 것보다 내가 아는 곳에 숨겨 둔 게 차라리 마음 편했다. 내가 새 운동화를 살 때마다 상자를 버리지 않는 걸 이상하게 생각했던 엄마가 이제는 베란다 한쪽에 상자를 곱게 모아 둔다.

엄마는 몰래 술을 먹는 것인지, 아니면 누군가 몰래 술을 마시는 자신을 알아줬으면 하는 건지 나도 잘 모르겠다. 어쩌면 내가 상자를 열어 본 걸 아는지도. 터지기 일보 직전인 풍선 같은 상황인데도 엄마는 늘 고요했다. 그래서 소주가 필요할지도 모른다. 술을 마실 때마다 긴 호흡을 하는 걸지도.

그것만큼은 엄마에게서 빼앗고 싶지 않아 모르는 척한다. 예전에 무연의 할머니가 그랬다. 사람이 나이가 들면 모두 다 똑같아져서 부모랑 자식도 친구처럼 지낸다고. 그게 사실이라면 나중에 엄마는 내게 술을 숨겨 둔 곳을 알려 줄까, 몰래 술을 마실 수밖에 없었던 이유를 알려 줄까, 아니면 혼자 술을 마시는 사실을 아무도 눈치채지 못한

서운함에 대해 말할까.

맥주 공장 이야기를 신나게 늘어놓는 친구를 앞에 두고 난 엄마를 생각했다.

"야, 너 내 말 들었어?"

"어?"

"뭐야, 넌 맨날 중요한 말 할 때 딴생각하더라."

맥주 공장 공장장 딸이 툴툴거렸다.

"뭐, 되게 중요한 말도 아닌데 뭘 그래."

무연이 나서서 한마디 했다. 티 나지 않게 날 감쌌다. 가끔 팔로 누가 날 감싸는 느낌을 받는데 주로 엄마와 무연이다. 엄마는 여전히 날 감싸지만, 무연은 이제 날 감싸긴 커녕 차갑게 밀어낸다.

"야, 황무연 이게 안 중요하냐?"

"아니, 맥주 마시지 말아야 하는 이유가 너무 시시하잖아."

"내 말을 들어 봐. 맥주 공장에서 맥주를 박스에 담을 때 아저씨들이 발로 밟는다니까. 그러니까 병이나 캔 입구가 엄청 더러운 거랬어."

"그거 너네 아빠가 너 술 마시지 못 하게 하려고 거짓말한 거네."

공장장 딸이 눈을 흘겼다.

"아니, 그럼 너네 아빠가 잘못하신 거잖아. 맥주 담는 아저씨들한테 내려오라고 주의를 시켜야지."

내 말에 주위가 조용해졌다. 뭔가 이상했나 보다. 무연이도 날 쳐다봤다.

"야, 그럼 우리 아빠가 잘못했다는 말이야?"

나는 '아차'했다. 다른 말이 떠오르지 않아 식은땀만 흘리고 있는데 무연이 입을 열었다.

"민혜 말은 그게 아니잖아."

"아니긴 뭐가 아니야."

나는 잠자코 앉아 있었다.

"너 가끔 기분 나쁘게 말하더라."

날 향한 불만이 터져 나온 공장장 딸이 큰소리로 뭐라고 떠들기 시작했다.

그 다음부터는 제대로 기억 나는 게 없다. 기억나는 거라고는 아빠는 날마다 집에서 노는 백수고 엄마는 고아라는 거. 엄마가 고아라는 건 아빠가 떠들고 다녀서 동네에 모르는 사람이 없다는 거. 그 정도다.

"부모 없다고 다 이상한 사람은 아니야. 무연이는 아빠 얼굴도 모르지만 이상하지 않아."

그만하라고 다그치는 무연을 보면서 나도 모르게 말해 버렸다.

교실 뒷문으로 낯익은 얼굴이 보였다. 교실 스피커에서는 '안녕은 영원한 헤어짐은 아니겠지요.' 하고 노래가 흘러나왔다. 무연의 엄마와 할머니가 날 바라보고 있었다.

졸업식이 어떻게 끝났는지 모르겠다.

옛날 생각을 하니 울적해진다. 무연과 나는 어쩌다 그립고 울적한 사이가 되었을까?

언젠가 노래방에서 노래를 부르다가 그런 생각이 들었다. 누가 무슨 노래를 좋아하냐고 물으면 노래방에서 자주 부르는 노래들에 대해서는 말하지 않는다. 우리도 그런 친구가 된 것 같다. 무연도 내 생각을 할까?

내가 소란의 오빠 이야기를 꺼냈을 때, 무연은 몹시 화가 난 얼굴로 내게 말했다.

"너 소란이 오빠 본 적 있어?"

"응, 걔네 집 앞에서. 하나도 닮지 않았더라. 키도 소란이보다 작고."

"너 소란이네 집에 갔었어?"

"어, 소란이 스케치북 돌려주러 갔었어. 소란이가 그린 만화 재밌더라."

무연은 잠시 말없이 날 바라봤다.

"네가 소란이에게 선물로 준 쿠키 상자에 뭐가 들어 있는 줄 알아?"

그날 무연의 질문을 이해하기 어려웠다. 내가 별로 궁금하지 않다고 말했지만, 무연은 멈추지 않고 말했다. 아무래도 그 쿠키 상자를 내가 준 거라고 믿는 눈치였다. 사실다른 아이가 부탁해서 대신 전해 준 거였는데. 그 애길 할틈이 없었다.

소란이 두고 간 스케치북을 우연히 주웠을 뿐이고 엄마한테 가는 길에 양양리 빌라촌을 지나다 소란과 소란의 오빠를 만났을 뿐이다. 모두 우연이었다고 말해야 했는데. 이상하게 그 사실이 두고두고 마음에 걸린다. 나는 하지말아야 할 말은 잘도 하면서 해야 할 말은 하지 못한 아이가 된 기분이다.

쿠키 상자에 무엇이 있는 줄 아느냐는 무연의 질문은 대답을 원하는 질문이 아니었다. 질문이 아니라 비밀을 흘리고 싶은 욕심이 더 커 보였다. 흘리고 싶은 비밀은 이미 비밀이 아닌데.

무연이 그걸 모를 리 없는데.

영무에게

영무야,

나야. 네 이름 오랜만에 불러 본다. 물론 소리 내어 부를 수는 없지만.

오늘은 비가 많이 왔어. 너 비 오는 날 싫어했잖아. 너 만나기 전에는 날씨에 별로 관심이 없었어. 그런데 지금은 나도 비 오는 날이 싫다. 나 너 많이 따라 했었는데. 따라 쟁이라고 다들 얼마나 날 놀렸는지 기억하지?

그래도 난 좋더라. 친구들이 너랑 나 놀리는 것도, 그럴 때마다 코를 찡그리며 웃던 너도, 그런 널 보면서 네 옆구 리 쿡쿡 찌르던 나도.

어딘가에 우리 같은 아이들이 살고 있을 것만 같아. 그 아이들은 아픈 데도 없고 누군가 던진 욕설에 마음 다치는 일 없이 그렇게 말이야.

회사에서 무사히 돌아와 발 씻고 맥주도 마시는, 그런 어른이 되어 서로 만나서 아이를 낳고 웃으며 잠자리에 드는 날을 살고 있을 것만 같아.

영무야,

너 떠나던 날 친구들 많이 울었어. 미용과 미실이 알지? 그 아이가 가장 많이 울더라. 너 혹시 그 애랑 썸 탄 거 아니지? 알아. 아닌 거. 내가 누굴 그렇게 믿어 본 적이 없는데 너는 믿어지더라.

너 보내고 열아홉 살 우리가 할 수 있는 건 그냥 목놓고 우는 게 전부였어. 전자과 아이들이 모두 날 위로해주더라. 다들 괜찮냐고 하는데 장희가 그러더라. 영무 없이 소연이 어떻게 사냐고.

그런데 이상했어. 다들 네가 다시는 돌아오지 못한다는 사실을 그냥 받아들이는 거야. 어떻게 그럴 수 있지.

아침에 교실 창문에 매달려 날 부르던 너를 이제 다시는 볼 수 없다는 사실을 어떻게 그냥 받아들이니.

삼각 비닐 주머니에 든 커피우유에 빨대를 꽂을 때마다 혼자 피식 웃어. 네가 이로 살짝 물어 빨대를 꽂아 줬는데.

내가 그때마다 더럽다고 뭐라고 했는데. 너 가고 한동안 그 우유 못 먹었어.

그런데 얼마 전부터 무연이가 그 우유를 자주 먹더라고. 나도 한 입씩 뺏어 먹었는데 맛나더라. 아, 내가 이 맛을 엄청 좋아했었지, 하면서 먹어. 사람이란 참 이상한 동물이야. 잊어버리는 건지 잊기 싫어서 그러는 건지 중요한 건 몸이 기억하더라.

너는 무연이가 누군지 모르겠다. 아니. 이미 알고 있으려나.

키가 좀 작아. 너 닮아 그래. 누구냐고?

니 딸이야. 아니 우리 딸이야.

너 세 번째 실습 가던 날, 아침에 알았어. 무연이가 우리한테 찾아온걸. 날마다 묵묵히 가방 챙겨서 가던 네가 그날따라 이상하게 뭉그적거리길래 내가 가기 싫어서 그러냐고 물었잖아. 그때 너, 대답 못 하고 서서 운동화 끝만 보고 있었는데⋯⋯. 가기 싫으면 가지 말라고 할 걸 그랬어.

그날 나도 자격증 시험이 있었고, 이상하게 몸도 무겁더라고. 회사 갈 때마다 학교에 찾아와 인사하고 가는 네가 고마우면서도 귀찮았어. 다른 아이들보다 일찍 취업해서 다들 널 부러워했는데 넌 왜 날마다 우울한 얼굴로 회사에 가는지 몰랐거든.

내가 모르는 게 어디 그것뿐이겠니.

선배들이 괴롭힌 거, 잡무는 너에게 떠맡기고 어려운 일은 어떻게 하는 거라고 알려 주지도 않은 거, 네가 살아 있을 때 장희 삐삐 음성 메시지에 무섭다고 남겼다면서.

왜 나한테 아무 말도 하지 않은 거야. 내가 걱정할까봐? 나는 그것도 모르고 헤어 디자이너 되면 너랑 작은 빌라 얻어서 예쁜 소파 놓고 살자는 소리나 했잖아. 소파 타령이나 하는 나한테 말하기 싫었어? 네가 얼마나 무서운 곳에서 일하는지, 전봇대에 오르는 일이 얼마나 무서운지 말하기 싫었어? 아니지, 내가 아는 너는 싫어서가 아니라 미안해서 그랬겠지.

너는 늘 그랬어. 미안해서.

미안해서 발에 맞지 않는 운동화도 그냥 신고, 미안해서 너 따라다니는 나 좋다고 해 주고.

모를 줄 알았지? 네가 나 불쌍하게 생각한 거 다 알아. 그렇게라도 있어 주는 네가 좋아서 그냥 모르는 척했어.

날마다 때리는 아빠랑 아무것도 하지 않는 엄마한테서

날 구해 주고 싶다고 했지?

그래, 네가 날 구했어. 너 만나고 자격증도 따고, 우리 딸 무연이도 만나고.

무연이 가졌을 때, 집에서 나왔어. 아빠가 무서웠어. 무연이 못 낳게 할까 봐.

처음에는 소녀의 집에서 수녀님들과 지내다가 돈을 벌어야 살 것 같아서 미용실에 나이 속이고 취직했는데, 거기서 명자 아줌마를 만났어. 지금은 엄마라고 불러. 무연이 낳고 16년을 나한테 엄마보다 더 엄마같이 대해 준 사람이야.

우리 딸 무연이가 명자 아줌마 만나게 해 줬으니까 정말 네가 나 구한 거 맞지? 너랑 내가 우리 무연이 엄마 아빠니까.

얼마 전에 무연이랑 앉아서 텔레비전을 보는데 생수 공장으로 실습 나간 소년이 사망했다는 뉴스가 나오더라. 여기는 아직도 너처럼 실습 나간 아이들이 소리 없이 죽어. 반도체 공장에서, 지하철 승강장에서…….

뉴스에 짧게 나오더라고. 너 떠났을 땐 어느 뉴스에서도 네 이야기를 볼 수 없었는데.

가게에 있는 고물 컴퓨터로 뉴스를 검색했더니 기사가

많이 뜨더라. 우리 어릴 때는 인터넷이 없어서 그랬나? 너처럼 집으로 돌아오지 못한 아이들이 많았을 텐데. 그땐 어디에서도 이름 한 자, 찾을 수 없었는데. 요즘은 그래도 열아홉 살 김모 군, 열일곱 살 최모 양의 일이라며 기사로 다루더라.

영무야,
나는 지금 과일을 팔아.
미용사는 관뒀어. 사실 처음부터 유명한 헤어 디자이너 되고 싶은 마음은 없었어.
내 꿈은 너랑 딸이든 아들이든 하나만 낳아서, 귀찮아하지 않고 서글퍼 하지 않고 키우는 거였어. 큰 집도 필요 없고 차는 없어도 상관없었어.
영무야, 너한테 말했던 거 기억해? 그게 내 꿈이었어.
예쁜 3인용 소파에 앉아 네 귀를 파 주는 꿈을 자주 꿔. 누가 귀 만지는 거 엄청 싫어하고 작은 소음에도 잠을 못 자던 너였는데, 어떻게 실습 나가서 전자파 검사기를 귀에 달고 살았니.
나는 네 귀를 파 줄 수 있는 유일한 사람이 되고 싶었어. 유명한 헤어 디자이너 되면 돈 많이 벌 줄 알았어. 빨리 너 편하게 해 주고 싶었거든. 네가 없는데 나는 이제 꿈도, 3인용 소파도 필요 없다고 생각했어. 이제는 아니야. 우리 무연이가 있으니까. 우리 무연이가 이제 내 꿈이야.

무연이랑 나랑 집에서 제일 좋아하는 게 소파야.

내가 말했지? 사람은 잊고 싶은 건지 기억하고 싶은 건지 알 수 없는 것을 오래 기억한다고.

영무야, 무연이가 요즘 이상해.

좋아 죽고 못 살던 소란이란 아이가 있는데, 요즘 통 그 아이 이름을 꺼내지 않아. 왜 그런지 알 수가 없어.

어릴 적 친구인 민혜와도 사이가 좋지 않아. 그 후로 쭉 친구를 못 사귀는 눈치야. 걱정이 되어 물었는데 답이 없어. 왕따 당하는 건 아닌지 걱정이 이만저만 아니다.

너는 그런 거 모르지? 우리 친구들은 의리 있고 다정했으니까.

다들 너 억울하게 죽었다고 교장 선생님 찾아가고 구청에 민원 넣고 그랬는데 허사였어. 노력했는데 어쩔 수 없었어. 다들 미안해하기만 해서 내가 먼저 연락 끊었어. 잘 사는 모습 보여 줄 수 있을 때 다시 연락해야지 각오했는데,

혼자 애 낳고 미용실 다니면서 생활비 벌기가 그렇게 쉬운 일이 아니더라고.

우리 딸, 무연이한테 무슨 일 생기지 않게 네가 좀 지켜 줘.

명자 아줌마, 아니 울 엄마가 미용실 대신 과일 가게 하자고 해서 지금은 읍내에서 과일 가게를 하고 있어. 상급은 서울 도매 시장으로 보내고 남은 걸 모아 마을 사람들한테 팔아.

엄마가 과일 좋아한다고 해서 과일 가게 열었는데, 별로 좋아하는 거 같지 않아. 천도복숭아를 물끄러미 보고 있길래, 내가 깎아드려요? 했는데 손사래를 치는 거야.

영무야, 고마워.

내가 불쌍해서 그냥 내 고백 들어준 거잖아. 조금만 기다리면 부모님 계시는 호주로 갈 수 있었는데. 빨리 돈 벌어서 나랑 같이 살겠다고 무서운 전봇대에 오른 거 내가 모를 줄 알았지?

무연이, 널 닮아서 엄청 씩씩하게 생겼다. 남자냐는 오해 많이 받아.

웃기지? 그래서 피아노 배우라고 했더니 나더러 옛날 사람이래. 요즘에는 남자도 피아노 배운다고. 남자라는 오해 받는다고 생각해 낸 게 피아노 배우는 거냐고. 유명한 피아니스트는 다 남자라고 바락바락 대들더라.

무연이 얼굴 보면 네 어디가 좋았는지 알게 돼. 어딘지 궁금하지? 그건 머리로 아는 게 아니라서 뭐라고 설명 못 하겠어. 나 머리 나쁘잖아. 나쁜 머리로 생각 그만하라고 네가 그랬잖아.

배 속에 무연이 있는 거 알았을 때, 엄청 무서웠는데 '영무 닮았으면' 했어. 넌 그런 사람이야. 닮고 싶은 사람. 똑같아지고 싶어서 흉내라도 내고 싶은 마음이 드는 사람. 살면서 그런 사람 다시 볼 수 있을까 했는데, 엄마를 만난 거야.

내가 머리가 깨져서 울어도 가만히 보고만 있던 친엄마 말고, 내가 다치면 소리 내 우는 지금 울 엄마. 엄마 덕분에 지금 무연이랑 잘 지내고 있어.

영무야,

자꾸만 네 이름이 부르고 싶어.

날 지켜 주고 싶다고 말한 사람은 네가 처음이었어. 그다음이 울 엄마야. 엄마는 무연이를 지키려고 애쓰는 날 보고 당신 딸 삼고 싶다고 생각했대. 웃기지?

무연이가 엄마를 자꾸 송 여사라고 불러. 그러지 말라고 잔소리했는데 나도 입에 뱄나 봐.

영무야, 전봇대 위에서 무서웠지?

네 시신을 본 장희가 그러더라. 그냥 난 모르는 게 낫다고. 장희는 지금도 가끔 연락해서 나랑 무연이 안부를 물어. 네가 왜 장희한테만 무섭다고 말했는지 알겠어. 그 아이만 가진 단단한 다정함이 있지.

영무야, 자꾸 이름 부르니까 귀찮지?

네가 어디에 있는 줄 몰라서 자꾸만 부르게 되네. 가끔 난 네 숨소리가 들리지 않아 불안했어. 천식 때문에 거칠게 숨을 쉬다가도 갑자기 그 숨소리가 너무 약해서 잘 들리지 않을 때도 있었어. 네가 학교에서 책상에 엎드려 낮잠 잘 때, 네 코에 손가락을 대고 있던 적도 있었어. 너는 몰랐지?

이상해. 네가 살아 있을 때, 살아 있는지 때때로 확인했었다는 게. 네가 가고 없는 지금은, 내가 부르지 않으면 넌 처음부터 존재한 적도 없는 사람 같아서 자꾸 부르고 싶어져.

나는 날 위해 애쓰는 사람이 단 한 명쯤은 있었으면 했나 봐. 그게 내가 살아 있다는 증거가 되어 줄 거라고 믿었나 봐. 그러니까 네 숨이 약해서가 아니라 내가 약해서, 아니 희미하게 살고 있어서 그랬던 걸까.

나보다 먼저 이 세상을 떠났으니까 인생 선배라고 치자. 영무 선배야, 내 고민 좀 들어 줘. 엄마가 요즘 이상해. 무연이한테 용돈 준다고 귤 농장에서 상한 귤을 주워다가 해변에서 혼자 팔고 있어.

얼마 전에는 엄마랑 무연이랑 서커스 보러 갔었어. 엄마가 자꾸만 서커스를 보자고 조르지 뭐야.

아직은 아니겠지 싶다가도 널 보냈을 때를 생각하면, 이별의 시간은 예상보다 빨리 우리 곁에 와 있으니까.

예상보다 빨리 늙어 가는 엄마랑 하루가 다르게 커 가는 무연이 사이에서 내가 뭘 할 수 있을지 모르겠어.

영무야, 날 좀 지켜 줘.

작은 틈 사이로

건물 옥상에서 물이 새는 바람에 송 여사 집 천장 벽지가 누렇게 물이 들었다. 처음에는 사람 손바닥 크기랑 비슷하던 물 자국이 일주일도 지나지 않아 천장 절반을 물들였다.

"물이란 게 이렇게 무섭다. 작은 틈 사이로 언제 이렇게 파고들었는지."

옥상에 올라가 보니 바닥에 칠해 놓은 방수 페인트가 벗겨지고 시멘트 조각이 깨져 있었다. 며칠 내리던 빗물이 그 틈으로 새어 들었고 게다가 옥상 수도관마저 작은 구멍이 생겨 며칠 사이에 난리가 난 거다.

철물점 최씨 아저씨가 옥상 시멘트 조각을 깨어 우리에게 보라고 내밀었다.

"공사가 크겠어."

"여름이 아니라 다행이네. 습하고 더워서 공사하기 힘들었을 텐데."

송 여사는 늘 최악의 경우를 피했다고 생각하며 안도한다. 어떤 불행이 와도 송 여사 곁에 있으면 든든하다.

그런데 오늘은 송 여사가 곁에 있는데도 불안하다. 아무 도움도 못 되는 주제에 송 여사와 최씨 아저씨를 따라다녔다. 나는 지금 혼자 있고 싶지 않다.

공사 날을 정하고 우리는 옥상에서 내려왔다. 계단을 내려오는데 엄마가 나와 송 여사를 부른다.

"어떻게 됐어요?"

엄마가 송 여사와는 눈을 마주치면서 내겐 아무 말도 하지 않는다. 아예 쳐다보지도 않는다. 내 불안의 원인 중에는 엄마도 포함된다. 며칠 전, 엄마에게 오랜만에 아빠 이야기를 꺼냈다.

그날은 소란과 함께 롯데리아에서 밀크셰이크를 먹다가 수다가 길어져 늦게 집에 온 날이었다. 피아노 교습소도 빠지고 집에도 늦게 왔다는 이유로 혼이 난 거라면 짜증 정도로 대응했을 텐데 엄마는 내게 다른 이유로 화를 냈다.

물론 소란과 이야기를 나누다가 엄마 전화를 두 번이나 받지 못했다. 금방 집으로 갈 테니 전화를 걸 필요가 없다고 생각했는데, 그건 내가 잘못했다고 생각한다. 엄마는 내가 전화를 받지 않으면 몹시 불안해한다는 걸 깜빡했다.

　　어릴 적 놀이터에서 놀다가 아빠 친구라며 다가온 아저씨의 손을 잡고 가다가 민혜 아빠가 구해 준 적이 있다. 민혜 아빠가 두고두고 이 이야기를 떠들어 대는 통에 고마움이 절반쯤 날아가 버렸다. 지금도 그 당시 아빠 친구라는 사람에게 아빠에 대해 잔뜩 물어보려 했던 기억이 난다. 그냥 흔한 납치 수법이었다고 생각할 수 없을 만큼 아빠가 궁금했으니까.

　　엄마는 늘 수상한 사람을 따라가지 말라고 했지만 난 아빠 친구가 나쁜 사람일 리 없다고 생각했다. 나쁜 건 아빠 이야기를 하지 않는 엄마라고……

　　나는 다른 아이들보다 조금 일찍 휴대폰을 갖게 되었다.

　　"너 요즘 소란이라는 애랑 논다면서."

　　엄마가 내게 질문을 하는 것인지 탓을 하는 것인지 알 수가 없다.

"왜?"

"왜는 무슨 왜야?"

"소란이 내 친구라고 말했잖아."

엄마는 잠시 아무 말도 하지 않았다.

"왜, 다른 아줌마들처럼 어디서 어떻게 살다가 온 아인 줄도 모르는데 어떻게 같이 노냐고, 그런 말 하려고 그러는 거야?"

"너……."

"동네 사람들이 우리가 어디서 어떻게 살다가 온지 다 알아?"

.

초등학교 졸업식 때였을 거다. 별로 좋지 않은 기억은 왜 선명할까?

그날 이후 난 양민혜와 멀어졌다. 내가 아빠 없는 아이라고 전교생에게 발표하던 날이었다. 전교생보다 엄마와 송 여사가 그 말을 들었다는 게 더 싫었다. 민혜의 무신경보다 날 위로하던 아이들의 위선은 더.

엄마는 양민혜에게 화를 내기는커녕 혼자 조용히 울기만 했다. 송 여사도 나도 엄마의 울음을 모른 척했다. 그 뒤로도 엄마는 내게 아빠 이야기를 하지 않았다.

동네 사람들이 수군대는 소리를 들으며 자란 나에게 엄마는 미안해해야 한다. 적어도 나에게만은 아빠 이야기를 들려줘야 했다. 그래야만 내가 수군대는 사람들에게 당당할 수 있었을 테니.

나는 당당하고 싶었다. 송 여사나 엄마처럼 말이다. 아빠에 대해 알고 있는 두 사람은 당당할 수 있는데 아무것도 모르는 나는 상상하게 된다. 상상은 곧잘 나를 나쁜 시점으로 되돌려 놓는다. 나는 그게 무섭다. 작은 틈으로 새어 드는 빗방울처럼.

민혜는 모두에게 말했다. 내가 (비록) 아빠는 없지만, (전혀) 이상한 애는 아니라고.

아이들은 들었을 거다. (그러니까) 그동안 있지도 않은 아빠를 있다고 말하는 이상한 아이라고. (그러니까) 황무연은 아빠가 없어서 그렇다고.

초등학교 4학년 때 지금 사는 동네로 이사 온 뒤로 나는 아무도 집에 데려온 적이 없다. 누구에게도 아빠가 없다는 말을 한 적이 없다. 오직 민혜에게만 말했다.

오랜 시간 공들인 거짓말은 어느 사이 줄줄 샜다.

"사람들 말처럼 엄마랑 나도 어디서 굴러먹던 사람들인 줄 모르잖아."

"너 그런 말 어디서 들었어?"

"왜 궁금해? 내가 얼마나 많이 듣고 산 줄 알아? 그러니까 소란이 더 이상 궁금해하지 마."

"난 아직 네 친구에 대해 뭐라고 안 했어. 친하냐고 물었을 뿐이야. 너 요즘 왜 이렇게 예민하니?"

나도 안다. 요즘 내가 예민한 것도 사실이다.

소란을 알아갈수록 마음이 복잡하다. 다들 친해지고 싶어 안달하는 애와 별 노력도 없이 절친이 되었는데 마음은 이상하다. 요즘 나는 엄마가 아니라 다른 사람에게 화가 났다는 사실을 알고 있는데도, 엄마를 물고 늘어졌다.

다 엄마 때문이다. 입은 화를 내는데 눈은 눈물을 담고 있다.

그날 나는 집을 나와 무작정 걸었다. 워낙 비좁은 동네라 어딜 가도 기분 전환이 되지 않았다. 나도 모르게 소란의 집 앞까지 왔다. 나비가 날 보더니 어슬렁어슬렁 걸어 담벼락 끝으로 사라졌다.

"어, 너 어쩐 일이야?"

나는 사람 목소리가 들리는 방향을 바라봤다.

양양리는 우리 동네보다 가로등이 적어 골목 안이 어둡다. 소란의 집 옆에 있는 공중화장실과 운동 기구가 있는 작은 쉼터에서 누군가 날 향해 걸어왔다.

소란이다.

"그냥."

"뭐야? 집에 간 거 아니었어?"

나는 아무 말도 하지 않았다. 소란은 내 대답을 듣지 않고 집으로 들어가자고 했다.

궁금증이 별로 없는 소란이 좋다. 사람들은 궁금증 때문에 사람을 아프게도 하는데……. 소란은 그래서 궁금증이 없는 걸까?

소란이 현관문에 들어서자 집 안에 조용히 웅크리고 있던 어둠이 우릴 덮쳤다. 소란이 가끔 마주했을 어둠이다. 앞으로도 자주 마주할 어둠이겠지.

내가 한 발 내딛자 마루가 작게 삐걱 소리를 냈다. 소란이 내 손을 잡았다. 소란의 손을 잡고 방 문손잡이를 돌렸다. 나는 너무 어두워 내 발밑조차 보이지 않는데 소란은 마루에 놓인 물건 하나 건들지 않고 조심성 있게 어둠 속을 걸었다. 마치 오랜 훈련으로 단련된 선수처럼 신중하고 능숙했다.

문을 열고 방으로 들어선 우리는 서로를 보며 웃었다. 잡고 있던 손이 살짝 민망했었던 것 같다. 소란의 손을 놓으니 갑자기 피곤이 느껴졌고 동시에 배가 고팠다.

"배고프지?"

어떻게 알았을까 궁금할 틈도 없이 소란은 부엌으로 갔다. 부엌이라고 알고 있지만 단 한 번도 그 문을 열고 안을 들여다본 적은 없다. 그냥 그곳에 부엌이 있을 거라고 짐작할 뿐이다.

소란이 라면을 끓이는 동안 나는 방에 앉아 벽에 걸린 회색 작업복을 봤다. 거뭇거뭇한 기름때가 묻은 걸 보니 소란의 오빠 작업복 같다.

이렇게 작은 방에서 소란과 오빠가 함께 살고 있구나, 생각하는 사이에 작은 상을 들고 소란이 들어왔다.

허겁지겁 라면을 먹는 동안 소란은 내게 아무것도 묻지 않았다.

"엄마랑 싸웠어."

소란이 싱겁게 웃었다.

"싸울 엄마도 있고 좋겠다."

달걀노른자가 라면 면발 밑에서 고스란히 모습을 드러냈다. 라면 끓일 때 노른자를 터트리지 않는 걸 좋아한다고 말했던 적이 있다. 소란은 별걸 다 기억해서 사람을 어리둥절하게 만드는 재주가 있다. 내게만 그 재주를 보여줬으면 좋겠다고 생각했다.

"엄마가 있으니까 싸우는 거야. 너도 엄마가 있었으면 싸웠을 거야."

내가 말하고 내가 놀랐다. 나는 두 번 헛기침을 했다.

"미안."

"아니야, 괜찮아."

라면을 먹던 작은 상을 발로 밀어 두고 우린 그 자리에 벌렁 누워 버렸다. 이따가 치울 테니 좀 눕고 싶다는 소란의 말을 듣고 나도 따라 누웠다. 아마 나 편하게 누워 있으라는 말을 그렇게 한 것 같다.

"애도 아니고 왜 엄마랑 싸우고 그러냐?"

"야, 명소팔. 나 애야."

"미안하다. 어른인 줄 알았다."

우리는 큭큭큭 웃었다.

"너 그런 기억 있냐? 전혀 기억나지 않는 기억. 나 어렸을 때 할머니랑 3년 살았다는데 아무것도 기억나지 않거든. 아빠랑 살 때 아빠가 가끔 할머니 이야기하면 '나에게 할머니가 있었구나.' 했거든. 근데 왜 3년이나 함께 살았다는데 기억에 없을까? 기억나면 좋을 텐데. 아빠 말로는 날 엄청 예뻐하셨다는데. 하도 여기저기 맡겨져서 그런가? 할머니 기억만 없어. 겨우 하루 같이 지낸 아줌마도 기억이 나는데 말이야. 나 때리고 욕한 아줌마들도 다 기억이 나는데 이상하게 할머니랑 함께 산 기억만 없어. 진짜 신기한 게 뭔지 알아? 나랑 같이 살던 할머니가 치매였대. 옆집 사는 아저씨가 발견했을 때, 이미 할머니는 돌아가셨고, 온 방에 그러니까 벽이랑 바닥에 똥이랑 오줌이 가득했대. 아빠는 나더러 독하다고 했어. 어떻게 그 속에서 살았는지 모르겠다고. 웃기지? 나는 어느 것 하나 기억나지 않거든. 더 어릴 적 기억도 생생한데 말이야. 왜 그렇게 기억하려는 거냐면…… 이유는 나도 모르겠는데, 아니 모른다고 생각했는데, 네가 엄마랑 싸웠다고 하니까 생각났어. 혹시 나도 누군가 머리를 쓰다듬어 주거나 머리카락을 빗겨 주거나, 말다툼한 기억이 없을까 싶어서. 왜, 그런 거 있잖아. 입으로는 잔소리하는데 눈은 다정하게 날 바라보는 그런 사람. 너네 엄마, 그런 사람이잖아.”

소란이 갑자기 조용해졌다. 자명종 시계 소리만 들렸다.

“야, 너 그런 놀이 해 본 적 있어? 두 사람이 손바닥 맞대고 있다가 서로 손바닥에 힘을 줘서 밀어내는 놀이. 그런 거 아닐까? 막 밀어낸 거지. 요령 좋게 밀어내면 다른 한쪽이 방심하다가 앞으로 쓰러지잖아. 너무 센 기억이 밀린 거지. 자꾸 생각나서 괴롭지 말라고. 덜 센 기억이 이긴 거야.”

내가 말하고도 뭔 말인지 모르겠어서 그냥 큭큭큭 웃었다. 이번엔 나만 웃었다.

“나 너네 가족 이야기 듣는 거 좋아. 너네 할머니도 좋아 보이고 엄마도 예쁘시더라. 그리고 너네 식구들 말할 때 네가 막 툴툴거리는 것도 좋아.”

그러니까 뭐, 엄마랑 싸우지 말라는 그런 말이 하고 싶은 걸까? 살기 위해 센 기억을 밀어낸 아이 명소란.

잠시 설거지하고 오겠다며 소란이 상을 들고 나간 사이에 꺼놓은 휴대폰을 다시 켰다. 이제 집에 갈 시간이다. 어쩐지 더 있다가는 엄마에게 진짜 미안해질 것만 같다.

자리에서 일어나 소란이 있는 부엌문 쪽을 바라보는데

책상 위에 작은 쿠키 상자가 보였다. 고급 쿠키 상자인데 소란에게 얼마 전 양민혜가 선물로 건넸던 그 상자다. 병아리 모양의 쿠키가 그려져 있는 철제 상자였다. 소란은 양민혜에게 그 상자를 받았다는 말을 하지 않았다. 나도 그 상자를 봤다는 말을 하지 않았다.

그날 집으로 돌아와 엄마와 며칠 동안 아무 말도 하지 않았다. 작은 틈으로 무엇인가 끼어들었는데 그 정체를 모르겠다.

마지막 서커스

서커스 마지막 날이었다.

우리는 공연을 하는 곡예사의 숙소를 찾았다. 그곳에서 쭈글쭈글한 손을 가진, 할머니에 가까운 아줌마 곡예사를 만났다. 사진으로 슬쩍 본 사람은 분명 남자였는데 얼굴에 진한 분을 바르고 내 앞에 있는 곡예사는 여자였다. 두텁게 화장을 한 곡예사의 피부는 입김을 불면 모두 바스러질 것처럼 건조했다.

임시로 만든 천막 입구에서 곡예사는 송 여사를 보자 눈물부터 흘렸다. 나와 엄마는 어리둥절 바라만 보았다. 송 여사가 곡예사의 손을 잡았다. 곡예사는 깡마른 체구였지만 오랜 훈련으로 다부져 보였다.

송 여사는 서커스가 아니라 이 사람을 만나러 온 거였

다. 바람에 날아가는 무엇을 꽉 붙든 사람들처럼 두 사람은 서로의 손을 붙들고 있었다. 다시 생각해도 마주 잡았다기보다는 붙들고 있었다고 해야 옳다.

"나는 명자 언니 친한 동생이에요."

곡예사는 나를 빤히 바라봤다. 송 여사와 나 그리고 엄마 사이에 닮은 구석을 찾고 있었다. 사람들은 틀린 그림을 찾는 눈빛으로 우리 세 사람을 볼 때가 있다. 나는 그게 하나도 이상하지 않다. 우린 틀린 그림이 아니라 다른 그림이다.

"달거리하는 날이 제일 힘들었지."

서커스가 힘들지 않았냐는 송 여사의 물음에 곡예사는 달거리라는 단어를 꺼냈다. 옆에 있는 엄마에게 달거리가 뭐냐고 조용히 물으니 엄마가 '생리'라고 알려 줬다. 옛날 사람들은 생리를 부르는 이름이 독특하다. 뭔가 달마다 주술에 걸린 사람들의 행사 같다.

엄마는 가만히 곡예사와 송 여사를 번갈아 바라보고 있다. 오늘 여기 온 이유를 이제야 이해한 눈치다.

송 여사, 나의 유일한 할머니는 이제 기억을 잃어 가고 있다. 엄마도 나도 눈치챘지만 서로 말로 하지 않았을 뿐이다. 우린 자꾸만 숙제를 미루고 있었던 거다. 어떤 감정이나 상황이 우리에게 '이제부터 진짜 사실이다.' 하고 첫 신호를 보내는 말은 하지 말자고 서로 다짐했다. 어쩌면 우리의 숙제는 이제 더는 미룰 수 없는 지경까지 오게 되었는지도 모른다.

송 여사에게 처음 글자를 알려 준 고향 사람이 바로 곡예사였다. 송 여사는 오래된 기억에 집착한다. 고향 동생인 곡예사의 손을 잡고 한참 동안 더 오래된 기억을 꺼내려고 애쓰고 있다.

나는 분주하게 대화를 나누는 그들 틈을 빠져나와 공연이 열리는 천막을 지나 커다란 철창 앞에 섰다. 철창 안에 아무것도 없었고 녹이 슬어 바스러질 것만 같았다. 이곳은 사람도 사물도 소리 없이 다 바스러질 것처럼 낡고 희미하다.

"예전에 몸집이 풍차만 한 코끼리가 있었는데 지금은 죽었어요."

열 살도 안 돼 보이는 여자아이가 공연용 분홍 원피스를 입고 있었다. 자신이 죽은 코끼리를 얼마나 사랑했는지 말해 주고는 천막 안으로 사라졌다.

풍차만 한 코끼리가 살던 철장인데 너무 비좁아 보였다. 죽은 코끼리가 있던 자리에서 분뇨 냄새가 비릿한 바닷바람에 실려 왔다.

소란에게 풍차만 한 코끼리에 대해, 그리고 쿠키 상자에 대해 말하고 싶다.

나는 소란보다 나은 점이 하나라도 있길 바랐지만 결국 아무것도 아닌 아이다. 소란과 같아지지 못했던 나는 관계의 밑바닥에 물길을 내기 시작했다. 쿠키 상자를 열던 그날 이후 어디쯤이었던 것 같다.

보내지 못한

소란아,

메일을 보낸 적도, 문자 메시지를 길게 쓴 적도 없어서 이렇게 너에게 글을 쓰고 있는 게 낯설어.

널 만나고 나 처음 해 보는 일이 많아. 그것도 이상하고 바보 같은 일들이었지.

그나마 이렇게 글을 쓰는 게 덜 이상할지도 모르겠어.

그날 나는 아무 말도 없이 너의 집에서 나왔어.

집으로 가는 동안 마음이 이상했어. 너에게 인사를 하고 가야 한다는 생각을 하면서도 그냥 빨리 그곳을 벗어나고 싶었어. 다음 날부터 널 피해 다녔지. 너에게 미안했지만 어쩔 수 없었어.

그날 엄마랑 싸우고 가장 먼저 생각나는 사람이 너였는

데……. 언제부턴가 무슨 일이 생각나면 휴대폰에 글을 썼었어. 널 만나고부턴 글을 쓰는 대신 널 찾았지. 그런 너였는데, 나는 왜 널 마주하는 게 힘들어졌을까.

너에게 말한 적 없는데 사실 나 글을 쓰는 사람이 되고 싶어. 어떤 종류의 글을 쓰고 싶은 게 아니라 그냥 글을 쓰는 사람이 되고 싶어. 아침에 일어나 밤에 잠들 때까지 단어들이 나를 둘러싸고 있는 느낌이야. 그것들을 한 줄로 세우기도 하고 여러 분단으로 나누기도 하면서 시간을 보내.

아무리 기다려도 답이 없는 질문처럼 길고 긴 시간이 내 앞에 놓인 것만 같아.

일곱 살 때였나. 엄마가 미용실에 있는 동안 나는 가게 앞에 쪼그려 앉아 벌레가 기어가는 걸 한참 바라본 적이 있었어. 나는 어른이 되어도 지루한 시간이 기다리고 있을 것만 같다는 생각이 들었어. 벌레가 기어가는 걸 보는 것처럼 말이야. 왜 그런 생각을 했는지 모르겠지만, 나는 사는 게 지루하게만 느껴졌어.

네가 그린 만화를 보고 놀랐어. 지루한 시간 위로 돌이 통통 튕기며 원을 그린다고 할까. 재미란 게 그런 모양으로 내게 오더라. 신기했어.

내가 단어들을 줄 세우고 분단을 나누는 동안 느끼지 못했던 재미가 네 만화에는 있더라. 나는 그냥 시간을 보내느라 그러고 있었는데 너는 만화 그리는 걸 좋아하고 있구나, 그런 생각이 들었어.

나도 글을 쓰는 사람이 되고 싶다고 말하고 싶었어. 왜 말하지 않았을까?

무엇이든 잘하는 너에 비해 난 아무것도 잘하는 게 없어. 너랑 친해지고 나서부터 이상하게 내가 먼지처럼 느껴질 때가 많았어.

사실 나, 아이들과 잘 어울리지 못해. 아이들은 전부 멍청하고 약았다고 생각했어. 나에게 관심 있는 애들도 있었지만, 나는 속으로 모두를 따돌렸지.

하지만 내 생각이 하나씩 무너지더라.

나는 다른 아이들에게 있고 내게 없는 것에 집착했어. 너도 알지? 그게 바로 아빠였다는 거.

송 여사랑 엄마만 있어도 충분한데 나는 왜 아빠에 집착했을까? 다른 친구들 엄마보다 젊은 엄마와, 우리랑 하나도 닮지 않은 할머니가 가끔은 어색했어. 내가 어색했던 게 아니라 세상 사람들이 우릴 어색하게 생각하는 것 같았어.

어릴 때, 동네 아줌마들이 우리 미용실에서 파마값 깎으려고 엄마 앞에서는 아부하더니 뒤에서는 '어디서 굴러먹었는지 모를' 여자라고 흉을 보더라.

엄마랑 나는 어디서 굴렀던 사람들일까?

아빠가 흉악한 범죄자이거나, 엄마를 성폭행해서 날 낳은 건 아닐까 하는 생각을 한 적도 있었어.

엄마는 아무 말도 하지 않고 송 여사도 기다리라고만 하고. 그래서 난 이 사실을 누구에게도 말하기 싫었어. 그래서 엄마 졸라서 전학도 가고 그랬지.

내가 전학을 하고 엄마는 미용 일을 그만뒀어. 내가 졸랐거든. 마을 사람들이 이마를 맞대고 누군가의 비밀을 흘리는 모습이 보기 싫었어. 무엇보다 마을에 하나밖에 없는 미용실 집 딸이 되는 게 싫었지.

나는 새로 이사 간 동네에서 아빠를 만들었어. 이야기를 짓듯 말이야. 아빠는 시인이고 지금은 시를 쓰기 위해 먼 나라를 혼자 여행 중이라고.

나 웃기지? 아니 시시하지?

너라면 절대 하지 않을 거짓말을 나는 밥 먹듯 했어. 물론 그 거짓말도 오래가지 못했지.

내가 글을 쓰는 사람이 될 수 있을까, 의심이 들 정도로 내 시나리오는 허술했어.

단 한 명에게 이 비밀을 누설했어. 그 아이가 세상에 큰 소리로 내 비밀을 떠들 때 알았어. 적은 내부에 있다는 말이 진짜, 정말 그렇구나.

그 아이가 바로 양민혜야.

왜 그 아이를 싫어하는지 이제 알겠지?

너 전학 왔을 때 내게 관심을 두던 아이들도 널 좋아하기 시작하더라. 그게 어쨌다는 건 아닌데, 중요한 건 내가 외톨이였다는 사실이지. 아이들이 아니라 내가 날 외톨이로 만들었어.

진짜 모습을 들킬까 봐, 새로운 나를 만들었는데 언젠가부터 이게 조금씩 모양이 틀어지기 시작한 거야.

널 만나고 너 때문에.

널 좋아하면서 틀어진 내 모양이 보이더라. 그래서 난, 누군가에게 화를 내야 할지 몰라서 네게 화를 낸 거야.

"냉면을 좋아해."

그렇게 말하는 네 입 모양이 좋았어.

좋아하는 걸 좋아한다고 말하지 못하는 네가, 다시 오지 않을 기회를 잡은 사람처럼 입꼬리에 힘을 주고 뭔가가 좋다고 말하는데 은하계 중심에서 어떤 파동이 일면서, 나도 냉면이 좋아졌어.

너만 좋다면 난 고무줄을 씹어도 냉면 맛이 느껴진다며 좋아했을 거야. 아마 지구가 몽땅 사라져도 내게 냉면 맛은 남을 거야.

소란아,

어릴 때 우리 송 여사가 나한테 생리대 심부름을 시킬 때면 좀 이상했어. 슈퍼 아줌마가 있을 때 사 오라고 했거든. 그리고 꼭 검은 비닐봉지에 담아 오라고 신신당부했어.

이상하지? 왜 그랬을까?

고작 생리대일 뿐인데 비밀스럽고 은밀하게 사야 하는 이유가 뭘까?

그날 상자를 열어 본 나에게 하고 싶은 질문일지도 몰라.

상자 안에 가득했던 피 묻은 팬티에 대해 누군가에게 말했던 것 같은데 그 사람이 누구였는지 기억나지 않아. 속옷조차 편하게 세탁하기 힘들었던 너의 이야기를 나는 도대체 누구에게 말한 걸까.

네가 돌아오면 나는 글을 쓰는 사람이 되고 싶다는 말을 꼭 할 거야.

그리고 내가 흘린 비밀에 대해서도.

인사

공부하는 시간에 미안하다. 나 알지? 그래. 소란이 오빠. 이렇게 추운데 불러내서 미안하다. 소란이 인사를 대신 전해 줘야 할 것 같아서.

아, 뭐 마실래? 유자차 어떠니? 우리 소란이, 겨울에는 유자차 좋아했는데. 달달해서 좋다나.

뭐, 소란이가 단 걸 싫어했다고? 나는 몰랐는데.

이상한 일이네. 왜 나에게 단 게 좋다고 했을까?

널 불러 놓고 이상한 말만 하고 있네. 미안하다. 자꾸 미안하다고 해서 미안하네.

정비소 일이 많아서 먼저 자라고 전화했더니 서울 가는 중이라고 문자가 왔었어. 버스 안이라 전화 못 받는다고. 그리고 다시 전화를 못 했으니까 그게 마지막이네.

나 어렸을 때, 다른 아이들은 텔레비전 보는 거 좋아했는데 난 싫었어. 좋아하는 만화 영화도 드라마도 언젠가 끝이 나는 거야. '다음 시간에 만나요.' 말고 '그동안 고마웠어요.' 하고 말하면 그게 그렇게 서운하더라고. 그래서 난 텔레비전 안 봤어. 그러니까 뭔 말이냐면 내 말은……. 그냥 헛소리야. 마지막은 짐작할 수 없어 가슴 아픈 거구나. 예고도 없이 불쑥 이럴 줄은 몰랐네.

소란이 처음 봤을 때, 여자애가 나보다 키가 커서 놀랐어. 코치님이 엄청 예뻐하셨어. 딸 생겨서 좋으신가 보다 했는데 다른 이유가 있었어. 얘가 아빠 따라다니면서 고생을 많이 했었나 봐. 눈치도 많이 보고, 주눅 들어 있는 게 보기 안쓰러웠지.

소란이가 참 착해서, 사람 마음 많이 아프게 했지.

아이고 미안하다. 자꾸만 말이 옆길로 새네. 미안하다.

소란이가 떠났어. 8차선 도로에서 추돌 사고가 났다는데 우리 소란이만…….

타고 있던 좌석 버스에서 서 있는 승객이 소란이 밖에 없었다고 그러대.

놀랐지? 놀랐겠지. 괜한 걸 물었구나.

소란이가 떠나고 이것저것 정리하다 상자를 봤어. 상자 안을 열어 보고 한참 울었다.

이런 말하면 이상하게 들리겠지. 내가 돈을 좀 더 벌었으면 우리 소란이 화장실 딸린 집에서 살게 했을 텐데. 밤에는 주인집 화장실을 쓸 수 없어서 공원에 있는 공중화장실에 갔던 모양이야.

미리 알았으면 좋았을 텐데.

나는 있잖아. 다른 것만 생각했어. 소란이가 든든한 겨울 잠바가 없거든. 싸구려 겨울옷은 소매가 너무 얇잖아. 소매가 따뜻한 겨울 잠바를 사 줘야겠다고, 그 생각만 했어. 다른 건 몰랐어.

아, 맞다. 소란이 휴대폰에서 메일이랑 카톡이랑 알림이 떴는데 내가 볼 수 없더라고. 휴대폰 액정은 깨졌지만, 아직 작동은 돼. 그래서 네 전화를 받을 수 있었다. 다행이지 뭐야.

소란이가 네 이야기 많이 했어. 워낙 말이 없는 아인데, 너만 만나면 말이 많아진다고 그러더라.

휴대폰 비밀번호를 몰라서 내가 열어 볼 수가 없어. 워낙 구식 휴대폰이라. 휴대폰도 좋은 걸로 사 주고 싶었는데.

못 해 준 게 너무 많아서 차라리 잘해 준 걸 생각해. 그게 빠를 것 같아서.

날 버린 부모는 돈이 필요해 다시 날 찾았거든. 그 사람들은 내게 잘해 준 것만 기억하더라. 속 편하게 사는 사람들이지.

나도 그러고 싶어. 소란이를 생각하면 너무 힘드니까.

화장실 없는 집에 살게 한 것도, 변변한 생리대 하나 못 사 준 것도, 소매 따뜻한 옷도.

뭐라고? 소란이에게 용서를 빌고 싶다고?

괜찮아. 네가 뭘 잘못했는지 모르겠지만, 우리 소란이 아마 지금은 잊었을 거야. 왜냐고?

너 많이 좋아했으니까.

그 아이 자기가 뭘 좋아하는지도 제대로 말하지 못하잖아. 그런 녀석이 좋아하는 친구라고 말했으면 많이 좋아한 거지.

뭐라고? 응, 네 생일이 비밀번호라고?

내 안의 소란

노트북을 샀다. 중고 노트북인데 마음에 든다. 누군가 열심히 글을 썼던 흔적이 남은 키보드가 좋다. 어떤 글을 썼을지 모르지만, 그냥 좋다.

엄마가 생일 선물로 사 준 중고 노트북을 들고 롯데리아에 앉아 밀크셰이크를 먹는다.

작가가 된 기분이다. 청소년 소설 공모전에 응모하고 싶다. 일단 어떤 이야기를 써 보기로 했다. 내가 쓰는 글이 소설인지 뭔지는 잘 모르겠다.

한 계절이 지나갔다. 또 한 해를 넘겼다. 영화나 드라마에서 보면 떠난 사람의 시간을 기준으로 사는 사람들이 있다. '네가 떠나고 몇 해'가 흘렀다거나 '네가 가고 시간이 멈췄다.'라거나. 이런 말을 하는 주인공들을 볼 때마다 좋아하는 사람들끼리는 시간도 함께 쓰는 것일까, 궁금했던 적이 있다. 누군가와 함께 시간을 보내면 이 세상이 덜 지루하겠지.

소란이 가고 하나의 계절이 지났고 새로운 해가 왔다. 바뀐 년도를 헷갈리지 않고 말할 수 있게 되었으니 시간이 조금은 흐르고 있는 거겠지. 처음부터 소란의 이야기를 쓰고 싶었던 것은 아니다.

우리가 모르는 어떤 세상에 공중돌기를 잘하는 곡예사 소녀가 풍차만 한 코끼리를 사랑한 이야기를 쓰고 싶었다. 순미 아줌마를 만났을 때 들은 이야기 말이다.

코끼리와 소녀는 세상에 둘도 없는 친구였고 소녀는 코끼리에게만 자신의 비밀을 모두 말해 주었대. 그런데 어느 날 코끼리가 죽고 말아.

이제 곡예사 소녀의 비밀을 아는 사람은 소녀 자신밖에 남지 않았다는 이야기를 썼다.

유치해서 파일을 통째로 쓰레기통에 버렸다.

소란이 돌아오면 들려주려고 했던 이야기를 썼다. 악몽

을 꾸는 바람에 그 이야기도 멈췄다. 꿈에서 소란이 내게 자기 꿈 이야기를 들려줬다. 이야기가 하도 재밌어 "이 이야기 나 주라."고 했다. 그 순간 너무 무서워 잠에서 깼다. 소란의 이야기가 내 이야기였으면 좋겠다고 꿈에서 그런 마음을 품었던 게 무서웠다.

데이케어센터에 다니는 송 여사는 요즘 춤을 배운다. 집에 오면 그날 배운 춤을 보여 준다. 나더러 몸이 뻣뻣하다고 투덜대면서도 손을 꼭 잡고 같이 추자고 한다. 하루는 내가 춤추는 게 좋냐고 물었더니, 좋단다. 나비나 바람이 된 거 같아서 좋다고 했다. 송 여사는 날고 싶었던 걸까.

서커스에서 돌아온 송 여사는 기분이 조금 좋아 보였다. 가끔 순미 아줌마랑 통화하면서 큰 소리로 웃는다.

송 여사는 나이 들면 친구가 제일 좋다고 말한다. 엄마는 장희 아저씨네 식구들이 오면 크게 웃는다. 친구가 있어 좋아 보인다.

한번은 엄마의 친부모가 찾아온 적이 있다. 엄마 예상대로 돈을 요구했지만, 엄마는 싫다고 딱 잘라 거절했다. 송 여사는 주자고 했지만, 엄마는 단호했다. 그 사람들 줄 돈이 어딨냐고 했지만 돈이 없어서가 아니란 걸 안다.

엄마가 그랬다. 아빠가 날 남겨 줬는데, 아무도 없는 엄마 곁을 지켜 주라고 날 남겨 줬는데, 그걸 빼앗으려고 했던 사람들이라고. 처음 듣는 아빠 이야기라 신기하면서도 "내가 그럼 아빠 대신 엄마 지켜 주려고 태어난 거야?"라고 툴툴댔다. 아니란 거 나도 안다. 엄마가 아빠를 많이 사랑했고 아빠는 세상 다시 없을 선한 사람이라서라고. 엄마랑 장희 아저씨가 아빠 이야기를 해 줬다. 둘이 웃으면서 아빠 이야기를 하는데 나도 덩달아 기분이 좋았다.

아빠가 중학생 때 처음 담배 피우다가 기절한 이야기와 엄마가 먼저 사귀자고 했더니 아빠가 자꾸 딸꾹질을 하더라는 이야기가 너무 웃겨서 나도 그냥 웃어 버렸다. 소매가 얇은 겨울옷을 입고 다닌 이야기와 호주에 이민 간 가족들이 아빠를 부담스럽게 여겼다는 이야기를 들었을 때는 살짝 눈물이 났다.

나는 왜 이제야 아빠 이야기를 듣는지 알 수 있었다.

엄마는 웃으며 이야기하고 싶었던 거다.

나도 시간이 지나면 저렇게 웃으며 소란을 이야기할 수 있을지 모르겠다. 그랬으면 좋겠다. 민혜에게 쿠키 상자 가득 들어 있던 피 묻은 팬티에 대해 말했던 이유까지 말할 수 있는 날이 왔으면 좋겠다. 날 용서해 줄 사람은 정작 소란뿐인데, 누구에게 무슨 말을 웃으며 하고 싶은 걸까?

소란의 오빠는 휴대폰이나 스케치북을 갖겠느냐고 물었지만 나는 아무것도 원하지 않는다고 말했다. 더는 아무것도 묻지 않고 자리에서 일어났다. 소란의 오빠에게서 짙은 휘발유 냄새가 났다.

소란이 진짜 오빠였음 좋겠다고 말했던 사람이 쓸쓸하게 롯데리아 문을 열고 밖으로 나갔다. 다시는 못 볼 사람이라고 생각한 순간, 빠른 걸음으로 소란의 오빠를 따라갔다.

"저기요."

소란의 오빠를 불렀다.

"소란이가, 오빠가 진짜 오빠였으면 좋겠다고 했어요. 그리고 일을 너무 많이 해서 걱정이라고……."

고개를 떨구고 잠시 말이 없던 그가 힘겹게 입을 열었다.

"진짜지, 우린 진짜지."

내가 소란의 유품을 갖고 싶지 않은 게 아니라 가질 자격이 없어서라는 말도 빼놓지 않고 할 수 있어 다행이었다. 오빠는 사람들 틈으로 밀려 들어갔다 어느새인가 사라졌다. 소란은 저 왜소한 사람을 의지하며 어떤 계절을 살아

냈겠구나, 그래서 내게 올 수 있었구나. 생각하니 눈물이 차올랐다.

내게도 소란이 남긴 물건이 전혀 없는 건 아니다. 머문 시간이 짧아 남긴 것도 별로 없는 아이 명소란.

나는 소란이 남긴 마지막 선물을 자주 만지고 쓰다듬었다. 털이 적당히 빳빳한 강아지를 만질 때처럼 든든하고 다정하다. 중고 노트북 옆에 소란이 선물로 준 다이어리를 꺼내 둔다. 평소엔 가방에 넣고 다니고 글을 쓸 때는 노트북 옆에 둔다. 언젠가 유튜브에서 봤는데 작가의 책상에는 메모지가 꼭 있었다. 나도 흉내 내 보았다. 다이어리 안에 적어 둔 단어를 본다. 악몽, 잠들기 바로 직전, 실험, 집…….

이런 단어들이 두서없이 나열되어 있다. 날짜를 보니 소란이 생리가 끝나서 기쁘다고 말했던 날이다. 서로의 이름에 '팔' 자를 넣어 부르며 많이 웃다가 무슨 일엔가 짜증이 났던 날이다.

창가로 들어오는 햇빛이 넘쳐 블라인드를 내렸지만, 블라인드 틈으로 햇빛이 밀고 들어오는 오후였다. 나는 소란에게 귤을 줬고, 소란은 껍질을 까면서 간밤에 무서운 꿈을 꿨다고 말했다. 무서운 꿈을 꿀까 봐 잠들기 싫은 날이 있다고도 했다. 그날 무슨 이유로 늦게까지 학교에 있었는지 기억나지 않는다. 피아노를 그만둔 날이라 학교가 끝난 후 특별히 갈 데가 없었고, 나는 소란을 기다렸다. 아무튼, 악몽 때문에 잠들기 무섭다는 소란에게 몸을 피곤하게 만들면 꿈을 꾸지 않는다는 말을 했던 것 같다.

"나도 알아. 그런데 농구를 그만두고 나니까 몸을 뭘로 괴롭힐지 모르겠어. 나 훈련할 때 좀 과하게 했거든. 어때, 이 근육들. 예전보다 많이 사라졌어. 그때는 잠도 잘 자고 악몽도 꾸지 않았는데. 확실히 운동 관두고 몸이 느슨해졌나 봐. 아빠랑 떠돌 때, 여러 아줌마를 만나기도 했지만 그만큼 별별 집을 다 구경하기도 했어. 어디 하나 제대로 머물지는 못했지만 그래도 붙어 있으려고 안간힘을 쓴 집도 있고, 다시는 살기 싫은 이상한 집도 있었어. 그 집들에 비하면 지금 오빠랑 사는 집은 천국이지. 살고 있는 사람들의 사정을 말해 주는 집이 있잖아, 나 그런 집에 있으면 이상하게 거기 사는 사람 수보다 한 사람이 더 사는 느낌이었어. 계속 날 따라다니면서 괴롭히는 느낌. 너는 그런 집에 안 살아 봐서 모르지. 한번은 개고기를 파는 식당에 딸린 작은 방에 얹혀살았어. 그곳에 살던 아줌마는 건강이 좋지 않아서 날마다 기침을 했는데, 기침 소리가 날 때마다 벽에 덧대 놓은 나무판자가 들썩였어. 그 사이에서 나오는 먼지가 도로 아줌마 입으로 코로 들어가는 그런 집이었어. 다른 아줌마들은 시간이 지날수록 아빠가 비굴하게 매달렸는데 그 아줌마만 반대였어. 이상하지? 우리는 돈도 없이 그곳에 얹혀살고 있었는데, 아줌마는 우리가 떠날까 봐 안절부절못했어. 시장에서 산 개고기를 넣어 두는 냉장고가 있었는데 나는 그 위에서 잠을 잤어. 방바닥에는 내가 잘 곳이 없었거든. 어느 날은 유난히 잠이 오지 않는 거야. 잠이 올 때는 어떤 기분이 드는지 궁금했어. 잠을 자려고 애쓰지 않고 잠이 드는 순간을 느끼고 싶었어. 일종의 실험이지. 잠드는 순간을 경험하는 실험. 그런데 진짜 어느 순간 눈이 무겁더라. 눈을 세게 비볐을 때처럼 뻑뻑하고 아프더니 몸이 무거워지는 거야. 누가 바닥에서 날 끌어당기는 느낌이 들었어. 무서웠어. 내가 바닥으로 꺼지면 죽은 개들이 일제히 입을 벌리고 날 물어뜯을 것만 같았어. 순간 냉장고 모터 돌아가는 소리가 들리는 방향으로 몸을 틀었어. 그

소리로 잠을 깨우려고 말이야. 왠지 잠들면 죽을 것 같아서 무서웠거든. 여자들 앞에서 능글대던 아빠도 그 집에서 오래 있지 못하고 도망쳐 나왔어. 들깨 냄새와 피 냄새가 엉켜서 더운 공기가 가게 전체를 꽉 누르고 있는 곳이었어. 가끔 그 아줌마를 생각해. 더운 김을 오래 쐬서 얼굴에 땀구멍이 분화구처럼 열려 있고, 기미가 빼곡하게 들어찬 얼굴로 오랜 통증에 시달린 사람처럼 고단하게 웃었어. 나는 아빠가 나쁜 사람이라고 생각하지만, 그 아줌마의 웃는 얼굴을 떠올리면 아빠도 누군가에게 한 번쯤은 작고 시시한 기쁨을 준 적이 있었을지도 모른다는 생각이 들더라. 코치님 만나면 아빠 연락처 물어보려고. 아빠는 정말 나쁜 사람으로 남을 작정인가 아무 소식도 없어. 내가 너무 길고 지루한 이야기를 꺼냈어. 미안. 요즘 내가 말이 많다.”

수다가 늘었다고 걱정하던 소란에게 나는 귤을 하나 더 건넸다.

“그런데 한여름에 웬 귤이야?”

소설

마감 시간이 다가온다.

소설을 써야 하는데 자꾸만 이상한 단어를 나열하고 있다. 생각날 때마다 적어 둔 메모들은 여전히 모호하다.

엄마는 내가 소설을 쓸 거라고 장희 아저씨에게 말한 눈치다. 별걸 다 말한다고 뭐라고 하려다가 말았다.

소란이 떠나고 엄마가 내게 딱 두 번 미안하다고 했다. 이유를 물었더니 처음에는 '그냥'이라고 하더니 나중에 속마음을 말했다.

어쩔 줄 몰라 망설이는 엄마를 보면서 나도 엄마를 닮은 구석이 있을까, 생각했다.

"나는 네가 평범한 친구랑 어울리길 바랐어. 뭐가 평범한 건지도 모르면서 말이야. 우리처럼 어디서 굴러온 사람들이란 말 듣지 않는 평범한 친구. 소란이란 아이를 보면 옛날 나를 보는 것처럼 마음이 불편했어. 니 엄마, 가슴 졸이면서 살아온 아이였어."

엄마에게 이제 괜찮다고 말했다. 민혜랑 화해하라는 말도 했지만 그럴 수 없다고 했다. 화해는 둘이 똑같은 잘못하고 그걸 서로 인정했을 때 이뤄지니까. 나랑 민혜는 화해할 '무엇이' 없다.

딱 한 번 민혜를 만났지만 아무 말도 하지 않았다. 뭔가 말하고 싶어 하는 민혜를 두고 나는 그냥 건널목을 건넜다. 우린 이제 다시 만날 일이 없을 거다.

민혜를 미워하거나 원망하는 마음은 없다. 다른 어떤 감정도 없다. 내가 소란의 비밀을 말한 거에 대한 창피함은 남았지만.

떡볶이집 사장 언니가 친구는 왜 같이 안 왔냐고 물었을 때, 소란을 함께 기억하는 사람이 있어 좋았다. 그리고 소란이 왜 같이 오지 못했는지 이유를 말하지 못한 채 벽을 보며 떡볶이를 먹었다.

혀로 입가에 묻은 떡볶이 국물을 핥는데, 다른 맛이 느껴졌다. 떡볶이에는 들어 있지 않은 맛이다.

나는 사장 언니가 볼까 봐, 우툴두툴한 냅킨을 꺼내 눈가를 닦았다.

집으로 돌아와 다시 노트북 앞에 앉았다.

조금 뒤 데이케어센터에서 돌아온 송 여사와 거실에서 춤을 췄다. 탱고 비슷한 춤인데 전혀 따라 출 수 없었다. 어려웠다. 포크 댄스처럼 쉬운 춤은 안 추는 거냐고 물었더니, 노인네들이라고 우습게 보는 거냐고 핀잔을 들었다. 춤을 추는 우리 두 사람을 누가 보았다면 웃음이 나왔을 거다.

송 여사가 요즘 부쩍 낮잠 자는 시간이 늘었다. 어떤 날은 깨어나지 못해 열두 시간이 지나 눈을 뜬 적도 있었고, 어떤 날은 낮잠을 자지 않겠다고 버티다가 거실 소파에서 떡을 물고 잠이 든 적도 있었다.

나는 좋아하는 시를 하나 옮겨 적었다. 이 시를 시작으로 소설이 시작되길 바랐다.

너의 추위를 느끼고 싶어서
떨면서 자고 있는 너를 안았는데

자꾸만 따뜻해지는 것이다 자꾸
따뜻해지기만

– 홍지호, 「기후」 중에서

그다음 제목을 썼다.

'내 안의 소란'

어딘가 우습다. 커서가 깜빡이는 동안 빨리 다음 문장을
써야 하는데 어색하기만 하다.

그래서 썼다. 며칠을 쓰다가 깨달았다. 낮에 송 여사와
춤을 추는 일 말고 다른 일은 거의 하지 않는다는 걸.

소설을 쓰고 춤을 췄다. 소설 쓰는 댄서가 된 기분이다.

엄마가 가끔 과일 접시를 들고 들어왔다가 다시 나갔다.
건들면 내가 짜증 낼 게 뻔하니까 아무 말도 하지 않는다.
나는 소설가처럼 행동했지만, 소설은 시시했다.

가끔 소란의 만화가 생각났다. 그 안에 영원히 살고
있을 두 여자에 대해 생각하다가 내 소설을 보면서 절망
했다.

아무것도 달라진 게 없는 세상이 나를 감싸고 있었다.

소설 마지막 부분에 서커스 소녀의 이야기를 썼다.

언젠가 만나면 들려주려고 했던 이야기를 마지막 인사로
남겼다.

아마 난 공모전에서 떨어질 거다. 괜찮다.

소설을 쓰는 동안 소란과 함께 있었다. 송 여사와 스텝
을 밟을 때도 소란이 함께 있었다. 춤을 추는 우리를 포근
하게 감쌌다. 봄날 햇볕이 나를 안아 줄 때처럼 좋았다.

좋아서 눈물이 났다. 송 여사가 유행하는 트로트를 불
렀다.

내 눈앞에 거대한 코끼리가 풍차처럼 돌고 있다.

소란아,

먼 옛날에 우리가 모르는 어떤 세상에 공중돌기를 잘하
는 곡예사 소녀가 풍차만 한 코끼리를 사랑했대.

둘은 세상에 둘도 없는 친구였고, 소녀는 코끼리에게만
자신의 비밀을 모두 말해 주었대.

그런데 어느 날 코끼리가 죽고 말았대.

이제 곡예사 소녀의 비밀을 아는 사람은 소녀 자신밖에
남지 않았대.

세상에 슬픈 이야기는 너무 많아.

마지막 서커스처럼 말이야.

이 책을 읽는 사람이 있다면,

이건 그냥 옛날이야기라고 말했으면 좋겠다.

지극히 옛날이야기라서 지금은 벌어질 수 없는 일이라고 여겼
으면 좋겠다.

내 기억 속에 사는 그 아이도 그랬으면 좋겠다.

글을 쓰는 내내 기억 속 이름들을 하나씩 불러 보았다.

그 이름들은 지금도 세상 어딘가에서 살고 있을 것 같다.

서로를 부르면서 무사하길 바라는 세상 모든 무연과 소란.

나는 부족한 글을 쓰는 사람으로 살고 있지만 이들의 이름

만은 부지런히 기억하겠다.

'미안해.'로 시작해 '고마워.'로 끝내고 싶었는데 실패했다.

대신 '나는 있잖아,' 정도는 말했다고 생각하고 싶다.

언제나 안부 인사를 보내 주는 날 닮은 당신들에게 이 책을
보낸다.

부디 내내 안녕하시길.

고정순

소설 속 시 인용 및 출처
홍지호, 「기후」, 『사람이 기도를 울게 하는 순서』, 문학동네, 2020

내 안의 소란 글 고정순 표지일러스트 김소희

초판 1쇄 발행 2021년 11월 17일 **초판 2쇄 발행** 2022년 9월 1일
펴낸이 김병오 **편집장** 이향 **편집** 김샛별 안유진 조웅연 **디자인** 정상철 배한재
홍보마케팅 한승일 이서윤 강하영 **펴낸곳** (주)킨더랜드 **등록** 제406-2015-000037호
주소 경기도 파주시 회동길 512 B동 3F **전화** 031-919-2734 **팩스** 031-919-2735
ISBN 978-89-5618-195-0 43810